RÉSUMÉS

DE

Leçons de Sciences Physiques et Naturelles

Rédigés conformément au programme d'enseignement primaire
adopté pour les Écoles du Département du Nord

PAR

O. DEMOLON

Directeur d'un cours complémentaire à Tourcoing.

COURS MOYEN
1 vol. in-8°, 72 pages,
contenant 103 gravures, dont une coloriée *(le Cœur)*.
Cartonné. — Prix : 0,80.

LILLE
C. LENOIR, LIBRAIRE-EDITEUR.

1886.

DE LILLE

AU

MONT-BLANC,

PAR LE RHIN.

Le 15 septembre 1842, à trois heures et quelques minutes du matin, nous étions emboités dans la diligence de l'*Hôtel Villeroy*, qui nous transporta assez rapidement à Courtrai. Là, le chemin de fer était à notre disposition, et une fois dans le wagon, — Adieu à la Belgique !! à nous le Rhin !! et puis la Suisse !..... Et qui sait? peut-être l'Italie !!!

Depuis que la vapeur, créant des moyens nouveaux de communication, sur la terre et sur l'onde, permet au voyageur de parcourir en peu de tems de vastes étendues de pays, sa curiosité impatiente lui fait dédaigner les localités intermédiaires, il ne voit que le but, il a hâte d'y arriver.

Qu'était la Belgique, il y a peu de tems encore ? Un point central où venaient aboutir tous les riches oisifs de l'Europe :

C'était Gand, l'immense ville, toute pleine des souvenirs de Charles-Quint.

C'était Bruges, qui conserve si pieusement l'admirable tombeau du *Téméraire.*

C'était Bruxelles, cette contrefaçon de Paris.

C'était Waterloo, et l'insolent lion qui ombrage des guérets, riches de l'héroïque engrais que laissèrent les cadavres de nos soldats.

C'était Liège aux actives usines.

Et les bords de la Meuse, et la sauvage Ardenne, et Spa, et Coo, la cascade miniature, où les femmes du village jettent leurs petits chiens noirs dans la blanche écume du torrent.

Et Remouchamp, au palais souterrain qui étale dans les profondeurs de la montagne ses brillantes stalactites qui scintillent sous toutes les formes.....

Il n'en est plus de même aujourd'hui.

La Belgique n'est plus un but, c'est un moyen : c'est un pays que l'on traverse, une hôtellerie où l'on s'arrête un instant, à Malines, le tems de voir se croiser les Allemands qui crient : Paris, Paris !! et les Français qui crient : le Rhin, le Rhin !!

Suivez les uns et les autres, et vous entendrez une voix plus puissante encore que la leur, la voix du démon de la curiosité, leur crier à tous, comme Dieu à leur patron Ashaverus : Marche, marche.....

Voici Liège, ou plutôt Hans.

Un travail admirable prolonge jusqu'à Liège le chemin de fer qui autrefois s'arrêtait au sommet de la montagne. La rampe a été adoucie et l'inclinaison du plan suffit pour conduire le convoi à destination, sans locomotive, en glissant comme aux montagnes russes. C'est plaisir de pénétrer ainsi dans les entrailles d'un pays, et de pouvoir en étudier la géologie sur les talus escarpés qui bordent la route. Du charbon à fleur de terre, il y en a à faire mourir d'envie un actionnaire de Saint-Bérain !

A Liège, une intelligente diligence prussienne attend à *la Pommelette* les voyageurs qui n'ont pas de tems à perdre.

Voici comme il arriva que le jour même de notre départ de Lille, nous couchions à Aix-la-Chapelle.

— Marche, marche, nous crie encore notre démon.

C'est tout au plus si le matin nous pouvons revoir la sainte basilique ; nous asseoir un instant sur le fauteuil de Charlemagne ; et chercher les caveaux que Victor Hugo, poète cette fois, et non devin, a si bien décrits dans *Hernani*, avant de s'assurer sur les lieux, comme il l'a fait depuis, qu'ils n'existaient pas.

A Aix, le chemin de fer nous reprend, le 16, roulant sur un viaduc : au dessous, d'épaisses vapeurs signalent des courans d'eaux thermales. Il est neuf heures ; le soleil se dégage avec peine du brouillard ; à notre gauche, le Louisberg est encore dans la brume, mais le château qui le surmonte, s'éclaire et brille comme un palais des fées, baignant ses pieds dans les nuages.

Nous fendons l'air.

Vainement, nous cherchons Juliers, les champs de Tolbiac, théâtre de la gloire de Clovis, le tems de tourner la tête et tout a disparu : le chemin est nouveau ; il étend, inflexible, ses rails devant lui, tout droit, brisant les obstacles ; rivières, montagnes, forêts, rien ne l'arrête. Il traverse des villages écartés, et dans ces villages, l'indiscret vient encore écorner les maisons, couper en deux les jardins, saisissant au déshabillé les détails de la vie intime, au milieu d'une population surprise.

Laissez le voyageur prendre en passant la vérité dans tout son charme ; laissez-le saluer l'humble chaumière, la croix modeste, en bois grossièrement sculpté, qui se dresse dans un coin du cimetière :

Quand il repassera plus tard, les blessures seront cicatrisées : un mur orgueilleux déguisera l'honorable misère de la cabane ; une croix dorée étalera l'énumération fastueuse des vertus du défunt — avec réclame pour sa veuve. — Si on le pouvait, on ferait la toilette au mort. C'est que partout où passent les hommes, les vanités les attendent au chemin.

Il est onze heures, nous sommes à Cologne : le tombeau des trois Mages, la colonie d'Agrippine, la cité où naquit Rubens, où mourut Marie de Médicis, dans la même maison ; la ville enfin des Farina......

Nous regardons au sommet du dôme : la grue n'y est plus, la grue qui s'y trouvait au moment de la cessation des travaux, interrompus par la faute du Diable qui vola le plan de l'architecte ; la grue qui, brûlée en 1693, a été restaurée en 1816, et qui devait éternellement y rester, pensions-nous, comme une protestation de bonne volonté, à l'instar de *l'ouvrier* entretenu quinze ans par la Restauration, à l'arc-de-triomphe de l'Étoile, la grue symbolique a disparu....... Hourrah !

Le diable aurait-il restitué le plan de l'architecte ? Nous allons aux informations, et l'on nous apprend que le roi de Prusse vient de visiter sa bonne ville de Cologne, qu'il y a prêché l'unité de l'Allemagne, en prenant pour texte la cathédrale de Cologne, inachevée comme son édifice politique...... Et pour une pierre scellée de la main royale à la Basilique, les catholiques rhénans ont promis une riche province à l'union allemande ; contrat léonin. Les provinces rhénanes grossiront l'empire allemand, la cathédrale de Cologne ne s'achèvera pas. La pensée de ce monument est perdue à tout jamais. Il faudrait, pour remplacer les ressources que les architectes allemands trouvaient dans la foi des peuples, des trésors que ne peuvent produire les budgets constitutionnels et absolus.

En attendant, le peuple est dans la joie ; il décore ses monumens de guirlandes de feuilles de chêne, et fait couler en l'honneur du monarque, de la fontaine publique, des flots d'*eau de Cologne ;* au fait, il est à la source ; il aurait tort de négliger ce moyen économique de se mettre en bonne odeur avec son souverain.

Nous retenons notre place sur les bateaux de la Compagnie de Dusseldorf. Pour 56 fr., la Compagnie prend l'engagement de nous conduire à Strasbourg et de nous ramener à Cologne, en s'obligeant, en outre, à nous déposer sur le chemin partout où nos affaires, où nos plaisirs nous attireront, sauf à nous reprendre, durant toute la saison, soit à l'endroit où elle nous aura laissés, soit plus loin.

A midi, on signale le bateau ; bientôt la cloche nous appelle ; nous partons.

LE RHIN.

Le Rhin, à Cologne n'est pas large, la courbe qu'il décrit vis-à-vis de Deutz lui donne un air de ressemblance, que chacun nous fait remarquer, avec le chapeau de Napoléon, dont le pont de bateaux qui unit les deux rives serait la ganse. Le drapeau tricolore planté sur le pont figurerait merveilleusement la cocarde absente.... un jour, peut-être, il n'y manquera rien.

De Cologne à Coblentz, le trajet est long ; on remonte avec quelque peine le cours du fleuve. Rien sur ses rives ne vient distraire notre attention fixée toute entière sur le Rhin.

Le Rhin, ce mot magique, réveille dans notre cerveau mille souvenirs classiques et patriotiques.

C'est d'abord César, et puis Charlemagne; c'est Louis XIV qui, suivant ce flatteur de Boileau,

Se plaint de sa grandeur qui l'attache au rivage.

C'est Condé, qu'Alfred de Musset nous montre, dans son Rhin allemand, *trouant la robe verte du fleuve.*

Ce sont: *les habits bleus par la victoire usés, les fils de la République* que Béranger appelle au Rhin, qui *seul peut retremper nos armes.*

. . . .
. . . .

Voici, à gauche, les sept montagnes; à droite Bonn, la ville universitaire.

Voici Rolandseck..... Malgré la terminaison tudesque de ce mot, c'est encore de notre Roland qu'il s'agit; ce valeureux neveu de Charlemagne, que se disputent l'Orient et l'Occident, a laissé partout des traditions; des Pyrénées, des Vosges, du Mons-en-Pévèle, nous le retrouvons aux bords du Rhin, non plus chevalier fougueux, fendant les rochers avec Durandal, sa bonne épée, déplaçant les montagnes, mais amoureux transi, héros à la façon de Mme de Genlis, séchant sur pied d'amour pour une chaste nonnette.

Cette église byzantine, c'est celle d'Andernach. — Otez votre chapeau, car cette petite colonne blanche, aussi à droite, c'est la tombe de Lazare Hoche, élevée au héros par l'armée de Sambre-et-Meuse, le 18 avril 1797.

Ce n'est pas le seul brave qui meurt, tombé sur la terre étrangère.

Turenne à Salzbach, Latour d'Auvergne à Neubourg, Marceau à Coblentz, reposent glorieux sous la garde de l'ennemi, fidèle et respectueux dépositaire de ces saintes dépouilles.

La nuit est venue; des feux brillent aux sommets des montagnes; ils projettent leurs lueurs incertaines sur une masse de rochers que surmonte une immense citadelle. — C'est Erhenbreistein — sombre géant qui regarde Coblentz, assise à l'autre rive, et resplendissante d'illuminations.

Là aussi on fête le roi de Prusse.

Nous débarquons, et trouvons avec beaucoup de peine, dans l'un des riches hôtels du quai, peuplé de courtisans, une chambre pour la nuit chez M. Hocké, *Hôtel Belle-Vue.*

L'honnête aubergiste s'appelle M. Hoche pour les Français.

Malgré l'éclat des verres de couleur, les cris du peuple, le fracas des équipages, nous ne tardons pas à nous endormir.

COBLENTZ.

Au point du jour, nous sommes sur pied. Les lampions sont éteints, les voitures sous les remises, les courtisans couchés ; à nous Coblentz, à nous la ville de l'émigration, d'où nos gentilshommes envoyaient si bravement des quenouilles aux nobles plus attachés qu'eux au sol de la patrie, jusqu'au moment où la République victorieuse vint les chasser eux-mêmes de la cité hospitalière.

Coblentz, le *confluentia* des Romains, est ainsi appelée de sa position sur un grand triangle formé par le confluent de la Moselle à l'angle gauche et du Rhin à l'angle droit.

Elle n'offre rien de bien remarquable à l'étranger ; pour nous, à part les souvenirs de l'émigration, elle n'était notée sur nos tablettes que pour le tombeau de Marceau.

Marceau est un de mes héros de prédilection ; j'aime ce brave enfant du peuple, sorti d'une échope de fruitière, qui, après un échec glorieux où il avait perdu ses équipages, ne demande au représentant qu'un sabre pour venger sa défaite, et qui, général à vingt-six ans, vient mourir dans les bras des ennemis qui le pleurent et l'honorent.

Nous abordons un honnête bourgeois fumant sa pipe, à la porte de sa boutique, et dans un langage allemand que nous croyons excellent, nous le prions de nous indiquer le chemin qui conduit au *Monument*. Le brave homme sourit, prend sa pipe d'une main, de l'autre nous montre la rue qui descend, et ajoute en fort bon français : « Allez tout droit jusqu'à la Moselle; traversez le pont, remontez à droite et vous rencontrerez ce que vous cherchez. »

Il est clair que les Emigrés ont francisé cette ville.

L'indication était exacte ; après quelques minutes de marche, nous étions dans une espèce de petit bosquet, au milieu duquel, ombragé par des acacias, s'élève le tombeau de Marceau, entre la route d'Andernacht, et le fort appelé maintenant, hélas ! fort François.....

C'est une large pyramide reposant sur un socle carré auquel conduisent quelques marches.

Aux faces de la pyramide sont inscrits : les noms du héros, ses victoires, sa mort, et les paroles du marquis de Pescaire à Bayard mourant :

« Plut à Dieu, seigneur de Bayard, avoir donné de mon sang ce que j'en pourrais perdre sans mourir, et vous avoir mon prisonnier, en bonne santé. Vous connaitriez bientôt combien j'ai toujours estimé votre personne, votre bravoure et toutes les vertus qui sont en vous, et que depuis que je me mêle des armes, je n'ai jamais connu votre pareil. »

Et pour rendre plus frappant encore ce rapport avec Bayard, il ne manquait là qu'un émigré de l'armée de Condé à qui Marceau aurait pu répéter ce que disait au connétable de Bourbon, le chevalier sans peur et sans reproches : « Que c'était lui qui était à plaindre, servant » contre sa patrie. »

Nous entrons dans Coblentz en traversant de nouveau la Moselle. Les femmes de la campagne sont remarquables par l'élégance de leur coiffure qui consiste en une calotte de velours brodé, percée au milieu de la tête par le chignon, que maintient une élégante aiguille en forme de poignard.

En passant devant l'église Saint Castor, une fontaine, décorée de quelques inscriptions françaises, frappe nos regards.

L'histoire de cette fontaine est assez singulière. Elle fut élevée en 1812, lors du passage de nos troupes, marchant à la conquête de la Russie, par les soins de M. Jules Doucan, sous-préfet de l'arrondissement; on connait l'issue de cette malheureuse campagne. Les Russes poursuivant à leur tour les Français, arrivèrent à Coblentz. On pensera peut-être que le général fit abattre la fontaine, monument anticipé de victoire?..... pas si Tartare! Au dessous de l'inscription : *A la gloire de l'armée française, victorieuse des Russes*, le général ajouta en bon français : *Certifié par moi ......, général en chef de l'armée russe, le* 1.er *janvier* 1814.

La fontaine est restée; mais la plaisanterie du Russe a manqué son but..... En France elle eût eu un plein succès. Sur l'esprit un peu lourd des Allemands elle a fait *fiasco*. Pour tous les habitans de Coblentz, en dépit du Russe et de son intention, c'est toujours le *Monument de Napoléon*.

LE RHIN.

Notre excursion nous avait pris un peu de tems et nous avions peur de manquer l'heure du départ. — Heureusement que nous devions avoir pour compagne de voyage, la duchesse douairière de Nassau, qui était venue à Coblentz pour faire sa cour au roi de Prusse, et qui retournait à Biberich, avec ses chevaux, sa voiture, sa dame de compagnie et son grand Maréchal.

Comme en Allemagne l'exactitude n'est pas la politesse des grands, nous éprouvâmes un retard d'une heure ; ce dont nous fûmes loin de nous plaindre.

A neuf heures, le 17, les chevaux étaient dans leurs stalles, les voitures calées sur le pont. La princesse fit son entrée sur le bateau (le *Grand Duc de Hesse*), flanquée de son grand Maréchal et suivie d'une dame d'honneur. La princesse était vêtue avec élégance : un chapeau de satin, un riche camail de cachemire ; sa robe d'un vert changeant me rappela involontairement la petite princesse de Nassau, qui gît à l'état de momie, avec M. son père, sous une vitrine, dans l'église Saint Thomas de Strasbourg. Quant au grand Maréchal, nous lui aurions volontiers passé ses pantalons gris, sans sous-pieds, s'il avait eu des gants. La dame d'honneur était fort jolie.

C'est seulement à partir de Coblentz et jusqu'à Mayence que les bords du Rhin offrent cette variété, ce pittoresque qui les ont rendus si célèbres dans le monde touriste ; mais aussi il est bien difficile de rien se figurer de plus admirable que ces côteaux couverts de vignobles, qui succèdent à des rochers abruptes, que viennent à leur tour remplacer les ruines les plus délicieuses.

A chaque minute, le panorama qui se déroule produit un nouvel aspect.

Ces vignobles, ces rochers, ces ruines ont des noms illustrés par les légendes.

Les voyageurs sont tous sur le pont — les cartes déployées — épiant le moment où un détour du fleuve permettra d'apercevoir le point de vue si vivement désiré, que le crayon attend, et dont on voudrait ensuite prolonger la jouissance.

Tels sont notamment : Saint-Goar où le Rhin forme un lac entouré de rochers ;

Lurley, où un écho magique répète quinze fois la voix des passans :
Baccharach, qui tire son nom d'un ancien autel de Bacchus ;
Stolzenfels, résidence d'été du roi de Prusse, qui a rétabli le vieux castel dans sa forme primitive.

Sur la gauche, ce château bâti au sommet du côteau en amphithéâtre, c'est le Johannisberg, appartenant à M. de Metternich.....

Plus loin, cet élégant palais qui s'étend voluptueusement le long du Rhin, c'est Biberich, résidence de la princesse douairière : le bateau s'arrête au débarcadère, et la princesse descend : le grand Maréchal présente le poing à sa souveraine ; le peuple ôte sa casquette verte et tout est dit.

Tant de simplicité nous charme, nous brûlons d'aborder un rivage si tranquille, nous profitons de l'occasion pour descendre aussi, et pendant que la grande Duchesse monte son escalier d'honneur, nous grimpons dans un omnibus qui stationne près du château, attendant les voyageurs.

WIESBADEN.

Cet omnibus nous conduisit en une demi-heure de Biberich à Wiesbaden, par une route fort belle et bordée de magnifiques pommiers. Aussi loin que la vue peut s'étendre, elle découvre des champs cultivés. L'agriculture parait en honneur dans cette partie du duché de Nassau ; il y a une école spéciale à Diez, et nous serions tout disposés à déférer le prix Monthyon au grand-duc, n'était le tripot officiel qu'il a bien soin de maintenir dans sa capitale de Wiesbaden, qui dispute à Baden le triste privilége d'attirer, durant la saison des eaux, tout ce que l'Europe possède d'escrocs et de femmes galantes.

En vain les pays qui comptent encore la moralité pour quelque chose s'unissent-ils pour fermer à la dégradante passion du jeu les asiles qui lui furent trop long-temps ouverts, les Grands-Ducs de Bade et de Nassau appellent la rouge et la noire dans leurs brillans salons ; ils semblent heureux de pouvoir parodier le mot d'un de nos bons rois, en disant que si la roulette était bannie du reste de la terre, elle devrait se retrouver dans leurs cours.

La roulette est, il est vrai, une source de richesses pour le Duché.

Cet or impur, qui ne fait que circuler sur le tapis vert, passe pour y demeurer, en partie, dans les poches des bons habitans de Wiesbaden, qui logent, nourrissent, amusent et baignent les joueurs.

J'aime mieux, pour l'honneur du Grand-Duc, la source d'eau de Seltz qui lui procure des profits plus légitimes. Une machine ingénieuse descend incessamment, dans la source située dans une vallée du Taunus, les classiques cruchons de grès qui sont immédiatement après bouchés, et expédiés, au nombre de 2,500,000, pour accélérer les digestions difficiles du monde entier.

Si les revenus du Duché ne s'élèvent guères qu'à 6 millions, ses dépenses sont peu importantes ; l'armée doit coûter fort peu à entretenir. Nous nous trouvions dans l'omnibus avec un soldat dont nous avions remarqué le bouton sans empreinte : un de nous lui demanda, sans malice, pourquoi le bouton ne portait pas le numéro de son régiment. Le brave sergent n'entendait pas le français, fort heureusement, car il aurait pu considérer la demande comme une épigramme. Le Grand-Duc n'a qu'un régiment d'infanterie......

Nous ne restâmes que quelques instans à Wiesbaden : le tems de parcourir les jardins, les bazars et la salle de jeu — où retentit, au milieu du silence, l'argot de la roulette : *Faites votre jeu !... Rien ne va plus !...* et cela en français. — Oh ! langue de Racine et de Bossuet!

Et nous partimes pour Francfort par le chemin de fer. — Huit lieues en une heure. — Il faut d'abord aller, par l'embranchement de Mayence, jusqu'à Cassel, tête de pont sur le Rhin.

Là, pour la première fois, nous voyons les uniformes blancs des Autrichiens. Une heure après, nous sommes à Francfort, où nous descendons à l'*Hôtel de Paris*.

FRANCFORT.

Notre premier soin, en nous levant (dimanche 18), est de chercher un établissement de bains, — chose assez rare dans cette Allemagne où pourtant l'eau ne manque pas. — Enfin, nous trouvons près du Mein une grande porte sur laquelle nous lisons cette inscription : *Baden*. C'était notre affaire. — A l'aide de quelques gestes expressifs, que comprit parfaitement le *kelner*. (C'est ainsi qu'on appelle à Francfort le garçon que partout ailleurs il faut nommer *keller*. — Francfort est la ville où l'on parle le plus mauvais allemand.) Après une conversation moitié mimique, moitié tudesque, nous parvînmes à nous faire préparer un bain passable : *Nicht zu warm!* Nous descendîmes dans une baignoire ; et là, nous prélassant dans une bonne eau du Mein, chauffée à point, nous nous mîmes à rire en songeant aux pauvres voltigeurs de la 22.e demi-brigade, qui furent appelés si long-tems *les Canards du Mein*, pour avoir passé trop rapidement la rivière à la nage dans un moment de terreur panique.

Encore aujourd'hui, les soldats en jouant au loto, nomment le n. 22, les *Canards du Mein.*

Francfort, ville libre, de 50,0000 âmes, est une vieille cité, aux grands souvenirs, qu'il faut se hâter de visiter, si l'on ne veut se contenter de souvenirs. Deux choses surtout restent à voir :

Le quartier des Juifs ;

Et le Kaiser Saal.

On sait que Francfort a toujours été le centre de la juiverie. C'est là au reste qu'habite le roi des Juifs, qui est en même tems celui de la finance, Rotschild.

Le quartier des Juifs se compose d'une ruelle longue et étroite, que bordent deux rangées de sales maisons, grillées, verrouillées, cadenassées, et que l'on fermait aux extrémites à l'heure du couvre-feu, avant la conquête de l'Allemagne par les Français : c'est Napoléon qui a affranchi les Juifs de cette servitude.

C'est là que se conserve, dans toute sa pureté, le vrai type israélite que l'on retrouve aux croisées des maisons, sur le visage basané de quelque Rebecca, sur la face ridée et barbue d'un vieillard, le chef couvert d'un bonnet pointu, le corps enveloppé d'une houppelande, et que l'on se figure volontiers occupé à peser au trébuchet quelques écus mal sonnants.

Notre siècle de fusion, de croisement de foi et de conscience effacera-t-il ce type que la persécution a si précieusement maintenu ? Il n'y a pas long-tems encore que la populace chrétienne de Francfort refoulait à coups de pierres, dans leur bergerie, les timides troupeaux de Sion, aux cris de *hep, hep,* — anagramme sacramentel des paroles prophétiques qu'au dire de l'historien Josephe, une voix mystérieuse clama dans Jérusalem, la veille de sa ruine :

Hyerosolym Est Perdita!

Tout près du quartier des Juifs, on nous a montré une maison habitée par un inconnu, dont l'existence est une énigme. Depuis quarante années il ne sort pas de sa demeure, où l'on ne voit entrer personne.

Ses curieux voisins, que cette séquestration intrigue au dernier point, ont épuisé tous les moyens possibles pour pénétrer le mystère dont s'entoure leur concitoyen, pour découvrir surtout de quoi vit cet homme que n'approche ni boucher, ni boulanger ; la police elle-même a voulu tirer l'affaire au clair, et elle s'est retirée avec sa courte honte ; le vieillard a demandé, par le trou de son petit guichet, quelle loi de la République de Francfort l'obligeait à sortir, à recevoir, ou à rendre compte de ses moyens d'existence.

La police s'est tenue pour battue.

En France, il y a long-tems que, sous prétexte de recensement ou de garde nationale, on aurait découvert le pot aux roses.

Le Kaiser Saal est l'antique salle où l'on proclamait les empereurs d'Allemagne, ainsi appelée depuis 1564, époque du couronnement de Maximilien II.

Jusque-là, on n'avait pas songé à utiliser des niches pratiquées depuis le 14.e siècle, et creusant le pourtour de la salle au nombre de 45. En 1564, on y installa en peinture tous les Césars passés, et il y en avait 37 ; restaient 8 niches pour les Césars à venir. Les règnes se suivirent, chaque empereur eut sa case. En 1794, François II occupe la 45.[e]

C'était la dernière case, et François II fut le dernier empereur d'Allemagne. Napoléon s'était chargé de réaliser la prophétie de l'architecte inconnu qui avait prédit qu'il n'y aurait que 45 empereurs d'allemagne.

Dans le même palais se conserve la fameuse bulle d'or donnée par Charles IV. — C'est une lame d'or sur laquelle sont gravées les lois fondamentales de l'empire.

Francfort est une ville soi-disant libre, République, jouissant de 50 mille habitans et de 2 millions de revenus, faisant tranquillement sa petite affaire, sous la protection de la confédération germanique à laquelle elle fournit un contingent de 540 soldats et deux canons, produits d'une souscription ; lesquels canons, en attendant le moment de tonner contre les ennemis de l'Allemagne, figurent innocemment devant le corps-de-garde de la grande place.

Francfort se promène sur ses anciens remparts, convertis par Napoléon en délicieux jardins anglais, pêche à la ligne dans le Mein, et, ce qui est encore plus agréable, se fait enterrer dans un cimetière pittoresque, avec la certitude d'être bien et dûment mort.

Un docteur allemand a inventé un appareil galvanique, en forme de lit, sur lequel on étend le défunt de bonne volonté — on ne force personne —; aux extrémités des membres sont attachés des anneaux communiquant à des sonnettes par des fils tendus, de sorte que le moindre mouvement, la plus légère pulsation annonçant un retour de vie dans le cadavre, déterminerait une explosion de carillons à réveiller un mort.

Je dois dire que jusqu'ici le carillon est resté muet.

On le voit, la ville libre de Francfort est sûre de bien vivre et de bien mourir.

On aime les arts à Francfort. Le cabinet des plâtres de M. Bethmann est fort curieux; il y a dans le musée de cet amateur une statue d'Ariane, par M. Danecker, qui passe pour un chef-d'œuvre.

J'ai remarqué aussi un monument élevé à la mémoire des Hessois tués en 1792.

Rentrés à l'hôtel à deux heures, nous y avons trouvé une table d'hôte vraiment colossale.

Un original s'y faisait servir des pommes de terre crues. Nous pensâmes un instant qu'il allait les manger; mais il se contenta de les envelopper dans une affiche de spectacle qui se trouvait sur la table et de les mettre dans sa poche. Nous apprîmes bientôt que cet Anglais (si vous rencontrez un maniaque quelque part, pariez à coup sûr que c'est un Anglais) possédait un *cottage* dans lequel il plantait, à son retour de voyage, des échantillons de pommes de terre de tous les pays qu'il parcourait. — C'est un souvenir comme un autre.

Francfort est le siége de la diète germanique, qui comprend les cinq royaumes de Bavière, Wurtemberg, Prusse, Saxe et Hanovre, l'empire d'Autriche, les vingt-huit principautés et les quatre villes libres de Lubeck, Brême, Hambourg et Francfort. C'est la patrie du célèbre Gœthe.

MAYENCE.

A quatre heures, le chemin de fer nous conduit à Mayence ou plutôt à Cassel.

Nous remarquons la bonne ordonnance de la délivrance des bagages, à la station; chaque bulletin porte un numéro et l'on appelle les voyageurs dans l'ordre arithmétique.

Nous traversons en omnibus le fameux pont de bateaux, à grande peine, car, par cette belle soirée de dimanche, la population mayençaise respirait l'air pur du Rhin. Nous apprenons ensuite que cette population est singulièrement grossie.

Une nuée de bipèdes, tout noirs, s'est abattue, depuis quelques jours, sur la cité de Guttemberg, sous prétexte de congrès philologique, accaparant tous les hôtels, monopolisant toutes les provisions....... Cette invasion de savans a mis la ville en rumeur.

Pour trouver à reposer sa tête, ou à apaiser sa faim, il faut un habit noir et un nom en *us*. Nous sommes éconduits de plusieurs hôtels où nous nous présentons successivement, et, à cette fin d'éviter de passer pour vagabonds et d'être menés au corps de garde, entre deux *Kaiserlitz*, nous voyons le moment où nous serons forcés d'indiquer notre qualité d'ex-membres du congrès scientifique de Douai..... Heureusement pour notre incognito, l'*Hôtel de Landsberg* avait été respecté.... Si nous y fûmes privés des mets succulens, des vins exquis, venus de tous les points de l'Europe pour délecter de savans palais, nous nous y régalâmes de la cuisine du pays :

Jambon du crû ;

Pommes de terre frites ;

Vin du Rhin ;

Eau de Seltz.

Après souper, nous parcourons les rues, fort surpris des propositions peu honnêtes qui nous sont faites à chaque pas..... On nous prend décidément pour des savans.

Il paraît que la spéculation des Mayençais ne s'est pas portée seulement sur les habitudes gastronomiques des philologues. Elle a été plus loin dans ses injurieuses prévisions; pour répondre à tous les langages, elle a fait un appel à toutes les vierges folles de l'Europe.....

C'est une vraie Babel......

Nous n'échappons aux Proxenètes qu'en nous jetant dans une taverne, à l'*Aigle d'or*, où nous voyons, au milieu d'un épais nuage de fumée, tournoyer, aux accords d'une walse de *Strauss*, de grosses filles blondes passant alternativement des bras du Prussien bleu, dans ceux du blanc soldat de l'Autriche, image du grand duché de Hesse-Darmstadt, joyeux et se croyant libre sous la protection de la Confédération.

Le lundi 19, de bon matin, nous parcourons les rues devenues plus calmes, et nous visitons rapidement la statue de *Guttenberg*, qui ne vaut pas celle que David a donnée à Strasbourg ;

Le tombeau de Drusus, enfermé dans la citadelle :

La cathédrale où reposent Fastrada, femme de Charlemagne, et le troubadour Frauenlob, à la légende si touchante ; c'est lui qui, cueillant sur les bords du Rhin, pour sa fiancée, ces petites fleurs bleues si connues, glissa dans le fleuve qui l'engloutit, et n'eut que le tems de jeter son bouquet à Marie, en lui criant : *Vergiss, mein nicht* (ne m'oubliez pas). On sait que ces petites fleurs ont conservé ce nom dans le langage des amans et dans celui de la Botanique.

Victor Hugo, dans une admirable description de la cathédrale, s'indigne du vandalisme Mayençais, qui l'a badigeonnée en rose........ Pourquoi faut-il que le poète n'ait pas daigné abaisser ses regards sur les maisons de la ville ? Il les eût toutes vues, rose pâle ou rose vif ; ce prétendu badigeonnage est tout bonnement la couleur naturelle des grès du pays..... C'est fâcheux pour l'aspect des édifices, mais la plus belle carrière du monde ne peut donner que ce qu'elle a.

Le départ du bateau n'avait lieu qu'à trois heures, nous avions retenu notre diner à l'*Hôtel de Hollande*, pour être plus voisins de l'embarcadère.... Nous ne pouvions mieux employer les quelques instans qui nous restaient, qu'en cherchant à les passer au milieu des savans, dans une séance du congrès.

Malheureusement, tous les hôteliers, qui savaient parfaitement où mangeaient et buvaient les philologues, ne savaient pas où ils philologuaient.... Nous nous étions bien trouvés jusqu'alors, pour les renseignemens de ce genre, de nous être adressés aux libraires ; nous en avisons un, dans la grande rue, et nous lui demandons où se tenait le congrès.... Il nous fait répéter deux ou trois fois notre demande, qu'il ne comprend pas, ce mot congrès, d'invention française, lui étant parfaitement inconnu. — Nous cherchons une périphrase. — Congrès, où l'on voit les savans..... — Ah ! oui..... nous, dit-il alors, comme illuminé.... et il nous désigna sur le marché aux fruits un édifice dans lequel entrent pas mal d'habits noirs. Nous entrons à notre tour. Nous parcourons plusieurs salles, espèces de bazars, et nous arrivons enfin dans un salon où se trouve réunie la plus collection, non de savans — mais de *savons*. — Nous étions au musée de l'exposition, et l'honnête libraire, nous prenant pour des industriels Marseillais, nous avait indiqué les produits saponaires.

Nous étions fort heureusement à deux pas du Congrès, et nous nous installâmes à la porte extérieure de la salle, dans l'espoir de rencontrer un introducteur. Nous comptions beaucoup sur M. le baron de R...., qui, en sa double qualité de Bonnais et de philologue, devait, pensions-nous, se trouver au Congrès. Vain espoir — nous vîmes successivement entrer dans l'édifice sept à huit cents habits noirs, plus ou moins philologues, sans reconnaître celui que nous cherchions. Perdant alors patience, je m'avançai sous le vestibule où se tenaient des messieurs fort bien mis, et décorés d'un large ruban bleu qui leur découpait diagonalement l'abdomen. — M. le baron de R....., leur dis-je, est-il membre du Congrès? puis-je le voir? Mon interlocuteur me sourit d'un air d'intelligence et me présenta alors une carte sur laquelle je lus fort distinctement qu'il fallait payer 15 f. — pas d'avantage. — On nous recevait d'emblée sur notre bonne mine, et notre habit noir... — C'est à ce qu'il paraît le prix fait — il n'en coûte pas plus cher pour être savant à Mayence, qu'à Douai..... C'était encore trop cher pour nous qui devions partir à trois heures; aussi prîmes-nous congé du commissaire — sans avoir l'air de le comprendre. — Nous étions ignorans sans honte, nous n'étions pas encore brévetés philologues.

A trois heures, nous reprenons le Rhin — qui n'offre rien de remarquable, jusqu'à Manheim, où nous débarquons à huit heures.

MANHEIM.

Le premier commissionnaire que nous rencontrâmes nous conduisit à quelques pas du débarcadère, à l'*Hôtel de l'Europe*, — sur une large chaussée bordée de l'autre côté par d'élégans jardins.

C'est un hôtel très-comfortable, beaucoup mieux que ce que nous avons vu, jusqu'à présent, à Mayence et à Francfort.

Notre chambre aboutit à une terrasse qui domine un bras du Rhin. Cette position nous promet d'agréables points de vue pour le lendemain, car la fatigue nous jette assoupis sur nos excellens lits.

Mardi 20, à six heures du matin, nous sommes sur pied.

Notre premier soin, en quittant l'hôtel, est de chercher la ville de Manheim, où nous sommes entrés de confiance, la veille, et que nous ne voyons nulle part. De quelque côté que nous portions la vue, à part les hôtels qui avoisinent le débarcadère, et un superbe établissement servant d'entrepôt de commerce, pas de ville! seulement des arbres et de l'eau! Nous avisons le premier passant, à qui nous demandons où est la ville, comme dans une ville on demande où est telle rue ? Il nous regarde d'un air étonné, et, sur notre insistance, nous montre les arbres que déjà nous avions toisés à notre aise ; c'est à notre tour à nous demander si nous sommes dans le pays des mille et une nuits, où, sur le signe d'un enchanteur, des capitales deviennent invisibles.... Enfin, tout s'explique. Ces arbres, ces jardins remplacent, comme à Francfort, les anciennes fortifications ; il faut les traverser pour arriver à la ville, ville ancienne, si nous la comparons à la cité naissante qui s'élève près du débarcadère ; ville nouvelle, si nous nous rappelons qu'elle a été construite sur les ruines de celle que détruisit de fond en comble le canon français, pendant la Guerre de trente ans.

Au reste, elle a bien son cachet de ville neuve, bâtie tout d'une fois. Toutes les rues, tirées au cordeau, se ressemblent, et il y a dans l'architecture des maisons une similitude telle, que lorsqu'on est entré dans une rue, on est dispensé d'aller plus avant.

Nous n'avions qu'une seule chose à voir à Manheim.

La maison de Kotzebue.

Après bien des recherches, nous la découvrîmes ; elle est située, n. 5, à l'angle d'une rue en face de l'église des Jésuites. Elle n'a rien qui la distingue des autres maisons, toutes proprettes, basses, à un seul étage, à petites portes, aux croisées étroites et défendues par un grillage à barreaux renflés extérieurement.

C'est dans cette chambre du rez-de-chaussée qu'une fenêtre ouverte nous permet d'inspecter rapidement, que Sand, étudiant de l'université d'Heidelberg, tua, en 1820, Kotzebue, qui passait, à ses yeux, pour l'espion de la Russie.

Sand, dans cette chambre, se frappa du même poignard, et tomba à genoux, en priant, pour se réveiller sur l'echafaud.

Sand appartenait à cette portion des étudians qui avaient pris au sérieux les idées libérales que la politique des cours avait permis de propager, alors qu'il s'agissait de s'opposer à Napoléon, ce despote qui voulait asservir l'Allemagne. Pour résister au conquérant, toutes les armes étaient bonnes, et l'on ne craignait pas d'abuser de ce qu'il y a de plus pur et de plus sacré au monde, l'enthousiasme patriotique de la jeunesse.

Le danger une fois passé, la même politique jugea le remède pire que le mal. Les idées qui avaient été répandues, propagées, exaltées, furent bientôt refoulées, persécutées, proscrites, et Kotzebue ne fut pas le dernier à donner le spectacle de cette affligeante palinodie.

Sand, personnifiant en lui les regrets et les vœux des universités allemandes, frappa Kotzebue en qui, dans son déplorable fanatisme, il voyait personnifiés le mensonge et l'apostasie.

Le bourreau coupa la tête à Sand, par un beau soleil de mai. L'échafaud était dressé sur une prairie émaillée de fleurs qui porte aujourd'hui le nom de : *La Prairie de l'ascension de Sand.*

La station du chemin de fer d'Heidelberg est à quelques mètres de la prairie de Sand.

En montant dans le wagon, le conducteur nous montra le cimetière où reposent le meurtrier et la victime : la victime sous un riche mausolée, le meurtrier à l'ombre d'un prunier sauvage....

Il y a six lieux de Manheim à Heidelberg, on fait ce trajet en une demi heure. — Les bâtimens des stations sont remarquables par leur élégance.

HEIDELBERG.

Pour la plupart des touristes, le nom d'Heidelberg ne rappelle guère qu'une université célèbre et un gros tonneau.

Avant la construction du chemin de fer, on se contentait de juger de l'université par l'échantillon, rencontré par hasard sur une grande route, d'un étudiant à la casquette collée au front, aux cheveux flottans, à la courte redingote serrée à la taille. Il était facile au touriste de calculer tout ce qu'il y avait de secrets démocratiques sous cette casquette, de *chopes* de bière dans ce corps frêle, de talens d'escrime dans ce bras armé d'une innocente pipe..... Quant au gros tonneau, on n'avait pas besoin de le voir. C'est si aisément décrit, un gros tonneau.

Depuis le chemin de fer, qui permet au touriste d'aller de sa personne à Heidelberg en quelques minutes, on perd une illusion, celle de l'étudiant.... Celui qu'on a rencontré n'est pas plus une copie des étudians d'Heidelberg que don Quichotte n'était la copie des chevaliers.

L'un et l'autre sont des originaux dans leur genre.

L'étudiant d'Heidelberg diffère peu de celui de Paris. Je crois même que ce dernier a quelque chose de plus excentrique. Toujours est-il que s'il fume moins que son confrère d'outre-Rhin, ce qui n'est pas certain, il boit beaucoup plus de bière.

Mais on retrouve le gros tonneau, cette merveille devant laquelle s'ébahissent les badauds qui n'ont pas visité la brasserie-Perkins, à Londres.

Ce qu'il faut aller voir à Heidelberg, après une petite halte, toutefois, à l'*Hôtel du Prince Charles,* c'est la magnifique ruine du château, la plus curieuse, la plus admirable qu'il y ait bien certainement en Europe.

Le château d'Heidelberg fut bâti en 1300 par les électeurs palatins, dont les descendans règnent aujourd'hui en Bavière. En 1804, il était encore leur propriété; il ne fait partie du duché de Bade que depuis la paix de Lunéville.

Ce château subit d'étranges vicissitudes.

En 1537 il fut détruit de fond en comble par la chute du tonnerre, qui fit sauter un magasin à poudre. L'électeur qui l'habitait alors, et qui échappa comme par miracle à l'explosion, consacra des sommes immenses à son rétablissement. La mort le surprit, mais son frère et successeur, Frédéric II, continua son œuvre avec l'aide de Jacob Hayden, son maître des travaux.

Othon, le magnifique, illustra le monument par d'admirables ouvrages d'architecture et de sculpture, dont tout l'honneur lui revient, car les noms de l'architecte et du sculpteur n'ont point été recueillis par les ingrats contemporains.

Après une relâche occasionnée par les guerres de religion, les constructions continuèrent, sous la direction d'un Français dont nous voyons avec plaisir le nom surgir au milieu de ces éclatans débris : c'était Salomon de Caus; ce Normand, mort à Bicêtre, et comme un autre Galilée

Expiant en prison
L'inexcusable tort d'avoir trop tôt raison.

Ce malheureux avait commis l'anachronisme de deviner l'emploi de la vapeur avant Watt et Fulton.

Ne glorifions pas trop, cependant, le nom français à propos d'Heidelberg !!

L'incendie du Palatinat, cette tache que Turenne s'est reprochée, mordit cruellement le château.

A deux reprises, à quatre ans de distance, la mine fit sauter les remparts; la flamme dévora les magnifiques tours et les superbes collections qu'elles renfermaient.

Chassés par l'incendie et par la guerre de leur résidence, les électeurs, retirés à Manheim, n'avaient pas perdu tout espoir d'y retourner, quand, en juin 1764, la main de Dieu vint ravager ce qu'avait épargné la main des hommes. Le tonnerre renversa une partie notable des constructions restées debout ; depuis cette époque, ce château, où durant plusieurs siècles luttèrent avec opiniâtreté le génie de la construction et celui des ruines, fut totalement abandonné, oublié même.... excepté par les Vandales.

Comme si aucun genre de dévastation ne devait manquer à ce monument, il devient la proie :

1.° D'un architecte, qui pour fabriquer le ciment nécessaire à la confection d'un aqueduc, renverse les voûtes en briques de la salle des Chevaliers ;

2.° Des invalides préposés à sa garde, et qui cassent les frontispices des cheminées pour élargir leur cuisine ;

3.° Enfin des Anglais, ces explorateurs que rien n'arrête, à qui rien n'échappe, et qui viennent briser, avec des marteaux, les arabesques, pour les emporter comme trophées.

Heureusement qu'il se rencontra enfin un homme de goût qui prit sous sa protection ces magnifiques débris. Seul, sans autre aide que son zèle et son amour pour l'art, M. de Graimberg se dévoua à la conservation des ruines d'Heidelberg, et comme un bon génie, il arrêta les dévastations. Ses plaintes, ses réclamations, ses sacrifices furent couronnés de succès.

Le grand-duc se rappela qu'il avait étudié à Heidelberg, et en considération de son séjour dans la ville universitaire, il accorda des sommes importantes pour les travaux de conservation.

Aujourd'hui, tel qu'il est, ce monument, si maltraité par la main de Dieu et des hommes, présente encore un admirable aspect.

Une longue montée d'une pente fort rapide conduit à une magnifique terrasse flanquée de pavillons octogones, à jour, d'où la vue s'étend sur le Necker et sur les collines du Taunus.

A droite se dresse une belle façade italienne, ornée de sculptures, trophées et statues, d'un travail si précieux qu'un artiste contemporain s'étonnait qu'on eût oublié de construire une cage de verre assez ample pour la contenir.

Mais ce n'est qu'un des mille côtés de l'édifice : perdez-vous sous ces sombres voûtes, entrez dans ces salles d'apparat où les chevaliers debout sur leurs assises de marbre s'indignent de l'oubli dans lequel on les laisse. Suivez de l'œil les sommités de ces tours vénérables qui percent la nue; parcourez ces vastes cours où gisent des obélisques étendus ; ces jardins suspendus, ces terrasses; admirez ces chapiteaux taillés à facettes; ces génies qui se balancent mollement, ces écussons, ces rosettes, ces cariatides, ces arabesques. ..

Ce ne sont que festons, ce ne sont qu'astragales.

Partout le fini des détails se marie heureusement à la grâce de l'exécution. Ne cherchez point une architecture, ni une sculpture, connue, réglée, ordonnée.... Non; c'est le caprice qui élève la pierre et qui la pétrit; ou plutôt pour me servir de l'expression d'un visiteur moderne, il faut que toute *cette décoration n'ait pas été sculptée, mais soufflée sur la pierre et soufflée d'un seul souffle, tant l'élégance est partout la même....*

Pour nous, laissant aux dessinateurs le soin de reproduire ces charmans ouvrages d'un admirable artiste inconnu, nous recherchons dans les fossés à demi comblés les traces terribles laissées par la foudre et la guerre.

La tour fendue est d'un effet vraiment merveilleux.

Qu'on se figure une tour colossale assise sur un énorme rocher. Par le jeu de la mine, la tour et le rocher se disjoignent verticalement, de façon que chaque moitié de la tour reste sur sa moitié de rocher........ En voyant cet affreux déchirement, on ne sait ce qu'on doit le plus admirer de la vigueur de l'attaque ou de la force de la construction....

Aucun genre d'intérêt ne manque à ces ruines.... L'artiste et l'antiquaire y trouvent de précieux sujets d'études; le romancier y recueillerait des légendes curieuses.

Il y a surtout une tradition qui rattache les destinées du château aux prédictions d'une magicienne. Tant que Getta parcourt, heureuse et libre, les vallées du Necker, elle chante, elle célèbre les miracles d'architecture qu'elle voit, dans son extase, s'élever sur les croupes du Jettenbul.... Vienne le jour funeste où elle succombe sous la dent affamée d'une louve, et, dans sa détresse, elle pleure le triste sort du château qu'elle semble vouer, à l'avance, à trois sortes d'ennemis en criant trois fois : Malheur ! Elle prévoyait la foudre, la guerre et l'incendie, ces trois fléaux du château palatin. Hélas ! elle eût crié quatre fois, si elle eût prévu les Anglais.....

Je regrette, pour mon compte, que l'auteur des *Burgraves* n'ait point profité de son séjour en Allemagne pour visiter Heidelberg.... Son génie poétique, si admirablement secondé par sa science archéologique, eût enrichi la France d'un pendant à *Notre-Dame de Paris.*

L'histoire aussi vient fournir son contingent au visiteur.

C'est dans la salle dite de Ruprecht que se donna le fameux repas connu sous le nom du *repas sans pain* donné par Frédéric à ses ennemis, qui s'étaient vus vaincus, après avoir ravagé le pays sans nécessité....

Les convives furent traités magnifiquement, mais Frédéric défendit qu'on leur servît du pain, et, comme ils se plaignaient de cette omission, Frédéric se leva : *Vous demandez du pain,* leur dit-il, *comment peut-on vous en donner lorsque vos soldats ont brûlé les guérets et les moulins du paisible cultivateur?.....*

L'histoire ne dit pas si cette leçon corrigea les barbares....

Il ne nous restait plus à voir que le gros tonneau. Et nous sacrifiâmes aux exigences de notre position, quoiqu'il nous parût dur, après avoir visité *gratis* les plus belles ruines du monde, de dépenser quelques kreutzers pour voir la mauvaise figure en bois du nain d'un électeur palatin et un tonneau.... comme on n'en voit guère, il faut le reconnaître.

On raconte de plusieurs façons l'histoire de ce tonneau.

Voici ce que nous trouvons dans la brochure de M. de Graimberg :

« Jean-Casimir, prince de Neustadt, ayant, durant les guerres de religion, recueilli dans sa principauté les calvinistes proscrits, les ramena avec lui à Heidelberg, lorsqu'il fut nommé régent, durant la minorité de son neveu ; et, en mémoire de la large hospitalité qu'il avait donnée aux protestans, il fit construire ce gros tonneau, qui peut contenir 440 mille litres.... »

Ce gros tonneau serait donc tout bonnement un symbole, un mythe ; je crois qu'on lui fait trop d'honneur ; il est construit de manière à donner à ceux qui le visitent l'opinion qu'il a réellement renfermé dans ses vastes flancs du bon vin du Rhin, dont Casimir et ses amis les protestans ont fait un usage aussi copieux à Heidelberg qu'à Neustadt.

Nous n'avions plus rien à voir à Heidelberg ; les étudians étaient en vacances et voyageaient probablement en France ou en Suisse ; nous nous fîmes conduire à la station ; et à trois heures nous étions rendus à Manheim, en face de la prairie de l'Ascension de Sand.

A quatre heures, nous reprenions le Rhin, comptant arriver à Strasbourg le lendemain mercredi dans la matinée.

Mais les destins et les flots sont changeans !

Quand je dis les flots, c'est un peu flatteur à l'encontre du Vieux-Rhin, car ce qu'il y avait de plus rare, dans le lit du fleuve, c'était l'eau.

Les roues de notre bateau sont à chaque instant arrêtées par le gravier qu'elles raclent, poussées par la vapeur, avec un bruit épouvantable. Et puis tout à coup, le bateau demeure immobile ; il faut d'habiles manœuvres pour le faire avancer, jusqu'à ce qu'il soit jeté sur un nouveau banc que le pilote n'a pu deviner. La rapidité du courant modifie à chaque instant le lit du fleuve.

A travers toutes ces alternatives, nous gagnons la nuit ; sans autre distraction qu'un de ces beaux couchers de soleil si admirablement décrits par Gœthe.

Vient ensuite le lever de la lune dont nous suivons, appuyés sur le bastingage, la pâle figure qui s'allonge et tremblotte dans le sillage du bateau ; c'est un amusement dont on se lasse bientôt, et nous descendons dans la cabine, enviant le sort des dormeurs qui ont accaparé les quatre coins.

Au point du jour, nous sommes à Ephelstein, sur la rive droite. C'est là que les omnibus prennent les voyageurs *bien avisés* qui se rendent à Baden, pour gagner de là Strasbourg par la voie de terre ; nous préférons attendre le bateau plus léger qu'on nous promet et qui n'arrive qu'à midi. Nous nous rembarquons ; l'eau devient de plus rare en plus rare, et nous trouvons une faible compensation dans les torrens qui tombent du ciel, et qui ne nous font pas avancer plus rapidement ; une seconde nuit nous surprend, à table cette fois. C'est là le meilleur moyen de passer son tems quand il pleut sur le pont et que l'on n'a pas de coin pour dormir dans la cabine. Enfin, à trois heures du matin, le jeudi 22, nous sommes jetés, hommes et choses, comme des naufragés sur la plage, près du fameux pont de Kelh, sans autre abri que le ciel, qui heureusement était fort clair.

Il n'y avait là ni mariniers, ni douaniers, ni cafetiers, ni omnibus. — Le fait est qu'on ne nous attendait plus à cette heure indue. On envoie un *exprès* à Strasbourg pour prévenir les omnibus ; et tout l'équipage, cédant à la fatigue, bivouaque sur le rivage.

Après une heure de repos, les *omnibus* accourent, nous montons à l'assaut des places, et puis fouette, cocher ! — jusqu'à la douane. La visite n'est pas longue ; nous remontons en voiture, nous traversons la belle promenade de la Robertswau, et nous arrivons enfin à Strasbourg où le portier-consigne nous demande nos passe-ports : comme nous sommes parfaitement en règle, nous n'hésitons pas à les donner..... « C'est bien, nous dit le brave portier, sans les lire, vous viendrez les chercher demain à neuf heures, à la mairie. — Comment, major, mais c'est une affreuse plaisanterie ; nous devons partir à cinq heures pour Bâle, par le convoi direct du chemin de fer. — Revenez à neuf heures à la mairie. — Mais au moins, si vous savez lire, confrontez les signalemens. — Revenez à neuf heures à la mairie. » Il n'y eut pas moyen de tirer autre chose de ce digne portier. Comme nous soupçonnions, dans cette insistance à retenir nos passeports, ou une fausse interprétation de consigne, ou quelque petite malversation, nous le prévînmes en partant que si, avant cinq heures, nos passeports n'étaient pas à l'*Hôtel de la Ville de Paris,* nous adresserions notre plainte à l'autorité.... Nous n'étions pas sans inquiétude. Quand les momens sont comptés, la perte d'un jour ne se répare pas, et nous nous retirions d'assez mauvaise humeur, quand un compagnon de route, dont nous avions admiré l'accent tudesque, alors que sur la demande de son passeport, il répondait au portier : « Che suis te la fille, che m'appelle Muller, rue tu Tôme, » nous dit en excellent français et sans le moindre accent, que nous étions de fameux conscrits, et qu'à l'avenir, pour éviter tous ces embarras, il fallait faire comme lui qui, bien que Parisien, se déclarait toujours habitant de la ville dans laquelle il entrait.

Voilà où conduit l'abus d'une mesure bonne en elle-même.

Au reste, avant cinq heures, le garçon de l'hôtel nous remit nos papiers moyennant une bonne *drinkgeld,* et à l'heure dite nous montions dans l'omnibus de Kœnigshoffen, station extérieure du chemin de fer.

Le jour commençait à poindre et me permit de voir, en passant, en même tems que ma vieille connaissance, la cathédrale dont vingt ans auparavant j'avais gravi extérieurement la flèche aérienne, les statues nouvelles de Kléber et de Guttenberg.

Nous apprimes chemin faisant, d'un honorable professeur, que Strasbourg jouissait aussi d'un congrès.... Nous aurions dû le soupçonner à l'obstination de ce scélérat de portier qui aura reconnu en nous des ex-membres du congrès scientifique de Douai.

A Kœnigshoffen, nous primes pour 10 fr. 60 c. une place dans les chars-à-bancs jusqu'à Saint-Louis.

Le parcours est de 134 kilomètres ; il se fait au milieu de la belle plaine de l'Alsace, en longeant les montagnes pittoresques des Vosges.

— Je reconnais Sainte-Odile et la petite chapelle si fréquentée par les jeunes filles qui désirent un mari.

La première station du convoi direct est Schelestadt ; puis vient ensuite Colmar, chef-lieu du Haut-Rhin ; puis Mulhouse, la ville industrieuse; puis Saint-Louis, village à quelques minutes de la frontière suisse.

Là un omnibus attend les voyageurs qui se dirigent vers Bâle.

Nous ne voulons pas quitter le territoire français sans jeter un coup-d'œil sur Huningue, où périt en 1797 Abattucci, où Barbanègre soutint en 1815, avec une garnison de 500 hommes, réduite à 50 soldats valides, l'effort de 25,000 Autrichiens.

Il fallut une satisfaction à l'amour-propre des *vainqueurs* : ils exigèrent la destruction des fortifications de cette noble cité ; ce fut une des clauses les plus honteuses des traités de 1815.

Quelques minutes après, nous étions à Bâle.

BALE.

Nous voilà donc en Suisse ! J'avoue, pour mon compte, que je n'ai pas encore éprouvé ces émotions de rigueur que le sol helvétien impose à tout touriste bien élevé.

J'aperçois, à travers les vitres de l'omnibus, des rues étroites, plusieurs maisons décorées extérieurement de peintures, beaucoup de fontaines, et un immense pont couvert.

Nous descendons à l'*Hôtel du Sauvage,* chez M. Pfander, vieux militaire, décoré par Napoléon ; c'est un Polonais, conducteur du chemin de fer, qui nous a recommandé l'hôtel.

Notre premier soin, après une matinée si laborieuse, et un déjeûner manqué à Strasbourg, c'est de dîner ; le second c'est de visiter la ville dans laquelle nous ne devons rester que quelques heures.

Nous repassons devant la principale maison aux peintures, qui est l'Hôtel de Ville. Cette décoration nous rappelle les fresques d'Holbein, représentant la célèbre *danse des morts.*

Nous les cherchons vainement dans le cimetière Saint-Jean.

Il n'en reste plus que quelques fragmens, au musée, où l'on voit aussi, du même peintre, un superbe portrait d'Erasme. Singulière destinée que celle de ces deux grands hommes ; Holbein, né à Bâle, va mourir de la peste à Londres, peintre de Henri VIII, et Erasme, né à Rotterdam, trouve son tombeau à Bâle, où il est plus vénéré que dans sa ville natale. — J'ai parlé ailleurs de son image en bois et en pierre, deux fois détruite ; de sa statue en bronze si bien *récurée*.

Non loin du tombeau d'Erasme, dans la cathédrale, on rencontre celui de l'impératrice Anne, femme de Rodolphe de Hapsbourg.

Après avoir parcouru avec intérêt le vieux cloître qui est adossé à l'église, nous courons à l'arsenal.

Tous les établissemens de ce genre sont fort curieux, en Suisse, pour les antiquités qu'ils renferment.

Il n'en est pas un où l'on ne montre quelqu'objet ayant appartenu à Charles-le-Téméraire. Après la désastreuse bataille de Morat où les Suisses s'emparèrent de la *smalah*, comme l'on diroit aujourd'hui, du prince Bourguignon, on se partagea ses dépouilles, qui figurent aujourd'hui, en détail, dans les arsenaux des vingt-deux cantons.

Bâle a pour son compte l'armure complète.

Si en entrant dans Bâle et dans son territoire nous ne trouvâmes point ce pittoresque que nous attendions; par contre, nous fûmes agréablement surpris de rencontrer chez les aubergistes une modération que nous n'attendions pas. — Il est vrai que nous sommes encore bien voisins de la France et que notre hôtelier a servi le grand Empereur. Voyons la fin.....

Notre itinéraire le plus direct pour Genève nous conduisait à Berne, mais le moyen de visiter la Suisse sans passer d'abord à Schaffouse! Il n'y a, disent les manuels, que quatorze heures, que nous traduisons par quatorze lieues, ce qui, dans nos habitudes françaises, suppose un trajet de sept heures. Il n'en est point ainsi en Suisse où tout se prend au sérieux. Quatorze heures, ce n'est pas quatorze lieues, c'est quatorze heures bien comptées, pas une minute de plus ni de moins. — Les conducteurs sont à l'amende quand ils se sont trop pressés.

Nous partimes à cinq heures.

Aucun incident ne marqua notre voyage, si ce n'est la minutieuse visite d'un douanier du grand duc de Bade, lequel sous prétexte que la diligence bâloise parcourt un petit bout de route, sur son petit territoire, exerce rigoureusement son petit droit souverain. Quelques minutes après nous roulions sur le sol helvétien, et nous dormions profondément, rachetant par ce sommeil impie les deux nuits passées sur le Rhin.

A sept heures du matin, en nous réveillant, nous longions ce même Rhin, rapide mais peu profond, courant et se brisant sur des rochers dont son lit est hérissé, alimentant çà et là des usines qui surprennent ses *chûtes* au passage. Un immense bourdonnement nous annonçait le voisinage de la grande cataracte.

SCHAFFOUSE.

Nous entrons dans Schaffouse, chef-lieu du canton de ce nom, et qui serait un village passable dans notre département du Nord. Nous descendons à l'*Hôtel de la Couronne.*

Un guide est à la porte pour mener les curieux à la chûte. Nous nous empressons d'accepter ses services : c'est un jeune homme qui parle fort bien français et qui nous explique, chemin faisant, les habitudes et la législation du pays; la peine de mort n'existe pas, à Schaffouse ; elle est remplacée par les travaux publics; nous remarquons en effet plusieurs prisonniers en habits à rayures brunes et noires qui balaient les rues sous la garde d'un agent de police. — La mendicité est punie de la prison ; ce qui n'empêche pas un jeune homme assez bien mis qui marchait derrière nous le sac sur le dos, de nous tendre sa casquette. — Il est vrai qu'il n'appartenait pas au canton, et qu'il n'avait que deux enjambées à faire, en cas de poursuite, pour se trouver sur le territoire de Zurich..... Ce n'était pas, au reste, un mendiant, mais un cordonnier qui faisait son tour de Suisse; nous lui jetâmes quelques batz. — Un Français rougirait de tendre ainsi la main. En Suisse et en Allemagne, c'est reçu ; et plus d'un étudiant a dû à des secours de ce genre les moyens de continuer un voyage entrepris sans ressources suffisantes.

Bien nous prit d'interroger ainsi notre guide, car il paraît que l'on est régi, à Schaffouse, par le droit coutumier. Je cherchai vainement chez les libraires le code du pays, il n'en existait pas.

Schaffouse a aussi un collége ou gymnase où les jeunes gens sont élevés militairement. Ils s'exercent au maniement des armes, et font leurs promenades le sac sur le dos.

Vivent les petits états pour les réformes utiles et durables.

Tout en causant avec notre guide nous arrivâmes au Rhin qu'il fallut traverser pour voir en face la cataracte. — Le Rhin est la limite des cantons de Schaffouse et de Zurich. Il appartient tout entier au premier de ces cantons : de la rive où nous étions placés, nous apercevions facilement cette énorme masse d'eau, de toute la largeur du fleuve, descendant comme une nappe, tout d'une pièce, jusqu'au rocher où elle se brise avec un fracas épouvantable, pour retomber, en deux parties presque égales, dans le lit qui lui est creusé plus bas.

La chûte est de 80 pieds, quand les eaux sont hautes ; le bruit s'en fait entendre à deux lieues de distance.

Nous voulûmes juger de plus près cette merveille, et nous nous fîmes conduire en bateau jusqu'au pied même de la cataracte, sans autre inconvénient qu'un roulis énergique, causé par l'agitation du fleuve incessamment tourmenté. Vue ainsi de bas en haut, la cataracte est plus majestueuse encore. Alors seulement nous découvrîmes sur le haut du rocher, à l'endroit où les eaux se divisent, une statue grossière de Guillaume Tell, son arc libérateur à la main..... C'est une heureuse idée d'avoir ainsi placé sur la cime du rocher même qui brise le cours du fleuve, l'image du héros qui arrêta dans son essor la tyrannie autrichienne..... Cette allusion prévient favorablement le voyageur ; nous avions vu la chûte en face, par dessous ; il ne nous restait plus qu'à la voir par dessus, qu'à la sentir, pour ainsi dire ; c'est un plaisir que l'on peut se procurer pour un franc d'entrée, payé à un brave peintre qui a établi tout contre le gouffre un observatoire en bois de plusieurs étages en forme de galerie, et pour peu que l'on ne craigne pas de tomber, précipité par un vertige, du haut de ces poutres branlantes, de s'inonder de la poussière humide du torrent brisé par les roches, de s'assourdir au bruit terrible de la chûte, on jouit du spectacle le plus étrange, le plus magique, qu'on puisse se figurer au milieu de cet *enfer d'eau*, ainsi qu'on l'a dit justement.

Nous quittâmes enfin notre observatoire en regrettant qu'un rayon de soleil ne fût pas venu égayer le tableau en illuminant les blanches eaux du torrent, des vives couleurs de l'arc-en-ciel.

La diligence de Zurich partait à midi ; nous remarquâmes en retournant à l'hôtel plusieurs maisons couvertes extérieurement de peintures, comme à Bâle.....

De Bâle à Eglisaw la route est assez belle, mais n'offre point encore ce pittoresque que nous espérions ; et nous roulions assez désappointés, quand en mettant par hasard la tête à la portière de la diligence j'aperçus, dans le lointain, au-dessus de Zurich, les sommets neigeux des Alpes.

Il faut être habitant des pays de plaine, et n'avoir habituellement sous les yeux d'autres montagnes que les monts en Pévèle, Cassel ou de

Trinité, pour bien comprendre l'émotion qui vous saisit le cœur à l'aspect de cette imposante nature.

Et nous entrions dans Zurich que je n'avais pu encore détacher mes regards du majestueux Righi, ce mont altier, qui, aux confins d'un pays plat, s'élève, sentinelle menaçante, et domine toute la plaine.

ZURICH.

Nous descendîmes à l'hôtel Bawr, en face de la poste, juste à l'heure de la table d'hôte.

Après le dîner, nous courûmes voir la ville où naquirent Gessner et Lavater; où Masséna sut faire aimer et respecter le nom français.

De Masséna, il ne reste plus que le souvenir de sa gloire.

Nous saluâmes d'un regret profond l'ombre du célèbre physiognomoniste tué malheureusement, par un des nôtres, durant l'occupation.

Et nous voulûmes visiter le tombeau du chantre d'Abel, qu'une heureuse idée a placé au centre d'une belle promenade, bien plantée.

Ce tombeau ne nous a point paru assez modeste.

Pourquoi ceux qui ont honoré ainsi la mémoire de l'aimable peintre de la nature, ne se sont-ils pas rappelé la répugnance qu'il a si éloquemment exprimée, dans son poëme de *Daphnis*, pour ces lourds mausolées qu'au jour suprême les ombres des riches ne peuvent soulever pour se rendre à l'appel de Dieu, alors qu'il montre les pauvres bergers sortant si facilement d'une tombe qui n'est couverte que de fleurs.

Comme nous n'étions pas venus expressément à Zurich pour voir la Bibliothèque et le Musée, mais plutôt par amour de la belle nature qui jusque-là ne se prodiguait pas trop, nous renonçâmes aux manuscrits du réformateur Zwingle, aux autographes de Jane Grey, et nous profitâmes d'un reste de jour pour admirer à notre aise le magnifique lac qui baigne, sur une étendue de deux lieues, deux rives parsemées de *villas* jetées aux flancs des côteaux que couronnent des montagnes aux neiges éternelles, et par-dessus tout, le fameux Righi.

Comme nous recherchions le moyen d'arriver à cette montagne, nous apprîmes qu'un omnibus, correspondant avec le bateau à vapeur, conduisait à Arth, village du canton de Schwitz, situé au pied du mont.

Il s'agissait de quatorze lieues à franchir dans un pays montagneux : d'un lac et de deux cantons à traverser ;

Mais la vapeur ainsi que les omnibus *ne connaissent pas ces distances-là*; et, pour 4 fr. 25 c., nous retînmes notre place pour le lendemain samedi, 24, à huit heures du matin.

A l'heure fixée, nous étions à bord du bateau, en grande compagnie de paysans et de paysannes du canton.

On peut difficilement se faire une idée de cette agréable navigation sur les eaux bleues et transparentes d'un lac, sillonné par d'élégantes gondoles.

Si nous eûmes à nous plaindre d'une chose, ce fut d'arriver trop vite à Horgen, petit port, dans le canton de Zug, sur la rive gauche, où nous attendait l'omnibus, lequel, attendu que nous n'étions que deux, se transforma en une légère calèche qui bientôt s'enfonça dans la montagne.

Là seulement sont les châlets, les ravins, les précipices, les cornets à bouquin, les sonnettes au col des vaches, les chants des pâtres, — tout ce qui constitue enfin la Suisse pittoresque; — là seulement, nous goûtons ce délicieux plaisir de voyager au milieu d'un pays neuf pour nous.

C'est ainsi que nous arrivâmes à Zug, chef-lieu du canton de ce nom, ville assez chétive, à côté d'un beau lac d'un aspect tout différent de celui de Zurich. C'est une des choses les plus admirables, dans cet admirable pays, que cette variété infinie dans l'aspect de chaque lac.

Autant celui de Zurich est *fashionable* avec ses élégans bateaux, ses blanches maisons de campagne, autant celui de Zug est sauvage avec ses pirogues primitives dont un tronc d'arbre, à peine creusé, a fait tous les frais, avec ses forêts de sapins et de mélèzes. Nous suivîmes le lac jusqu'à Arth; où le cocher nous déposa à l'*Hôtel de l'Aigle noir*.

Il était deux heures. La table d'hôte nous attendait.

C'est ici le cas d'ouvrir une parenthèse pour expliquer pourquoi la question de la table est reproduite si souvent dans les récits du voyageur le plus *engastrité*.

Il faut le dire à la louange des hôteliers suisses. Ils traitent parfaitement le touriste. En quelque lieu, à quelqu'heure que vous arriviez, vous êtes toujours abondamment servi. Et les conducteurs eux-mêmes, bien différens en cela de leurs indignes confrères de France, qui ne vous permettent de descendre en route que pour avoir le plaisir d'interrompre votre dîner, les conducteurs facilitent les moyens de faire chaque jour quatre ou cinq repas, aidés puissamment en cela par l'air apéritif des montagnes.

Comme nous avons pour système de nous conformer aux usages des pays que nous parcourons, nous nous mettons à table, et prenons, tout en ingurgitant d'excellentes truites du lac, les renseignemens dont nous avions besoin pour notre ascension au Righi.

Notre hôtesse, nous amena, au dessert, un guide qu'elle nous garantit : Ulric Bolher, d'Indernacht dans l'Oberland, pour le moment en disponibilité dans le canton de Schwitz, où il venait de conduire une famille. Va pour Ulric, qui nous paraît un garçon adroit, leste et vigoureux !

Le repas fini, nous disposons notre toilette, et ce soin n'est pas le moins important.

Le touriste qui veut voyager agréablement doit renfermer toute sa garderobe dans un havresac qu'il porte sur le dos en descendant de diligence ou de bateau à vapeur, et qu'il fait porter par le guide dans les excursions.

Comme costume, voici ce qui convient le mieux :

Un habit ou redingote que garantit la blouse ou le makintosch, le pantalon de drap léger, veuf de sous-pied, des souliers à épaisses semelles serrés par des guêtres, — une casquette ;

Le tout sans préjudice du manteau et du chapeau Gibus dans son étui plat — appliqué sur le havresac ;

Joignez à cela un long bâton ferré que l'on trouve partout, au prix modeste de 75 centimes, et la gourde remplie de kirchvasser ;

Et vous aurez l'équipement modèle.

Nous n'avons garde de négliger ces prescriptions élémentaires, et nous nous mettons bravement en route, à la garde de Dieu !

LE MONT RIGHI.

La première heure d'ascension se passe gaîment ; tout est encore nouveau : le rocher escarpé, le torrent qui mugit, la cascade qui dégringole comme un long ruban blanc qu'on déroule, et puis le sentier est assez bien frayé.

Nous arrivons à *Notre-Dame-des-Neiges ;* déjà la fatigue est plus grande.

Là, un châlet reçoit les voyageurs qui reposent leurs jambes en régalant leurs yeux d'un magnifique panorama.

Il ne faut pas que ce mot *châlet* inspire une idée trop grâcieuse de la construction qu'il désigne. Je suis fâché de dépoétiser un joli mot, mais ce qu'on doit entendre par *châlet*, en Suisse, ce ne sont pas ces élégantes cabanes, aux longs toits ombrageant des escaliers extérieurs défendus par des rampes à jour ; ce sont tout bonnement des baraques primitives, dans lesquelles on convertit, l'été, en beurre et en fromages, le lait des nombreux bestiaux qui paissent sur la montagne ; l'hiver, les bestiaux sont ramenés au village, et les châlets sont abandonnés jusqu'à la saison nouvelle ; on se contente de jeter sur les toits de grosses pierres pour les assurer contre les vents.

Les maisons ou cabanes sont dans la vallée ou dans la plaine.

Il n'y a plus qu'à l'*Opéra comique* que l'on donne le nom de châlet à ces cabanes grâcieuses, habitées par de jeunes Suissesses, aux longs cheveux tressés, au corsage de velours, au joli nom de Ketly ou Betzy, qui paraissent y vivre, moins pour presser des fromages, que pour se faire enlever par des officiers convalescens, ou des peintres de paysage, poitrinaires.

Nous rencontrons, au châlet de *Notre-Dame-des-Neiges*, un de nos convives de *l'Aigle noire*, parti avant nous, et qui escortait, à cheval, deux dames en chaises à porteur. C'est un beau cavalier, blond, aux yeux vifs, aux épaisses moustaches ; il admire notre intrépidité, essaie de monter pédestrement avec nous, mais trouvant le plaisir peu de son goût, il s'empresse de reprendre sa monture. Un quiproquo assez plaisant nous fait prendre d'abord ce cavalier pour un marchand de vins : il allait, nous dit-il, faire une *cure* à Vevay ; nous comprenons une *cuve*.

Cependant, nous montons toujours.

Plus haut, la végétation devient plus rare. Les pointes des rochers sortent de terre, comme des ossemens décharnés.

Nous commençons à voir de la neige que percent encore, par place, quelques bruyères modestes. Puis, elle devient plus épaisse ; sa clarté douteuse remplace le jour qui baisse. Déjà nous sommes obligés de suivre les pas du guide, pour ne point tomber dans quelque précipice. Le violent exercice auquel nous nous livrons depuis plusieurs heures nous empêche de souffrir du froid.

Nous pressons encore notre marche pour retrouver le soleil sur l'horizon.

Enfin, nous arrivons au *Kulm*, harassés de fatigue, baignés de sueur, mais heureux de pouvoir saluer d'un dernier regard l'astre qui mélange la pourpre de son déclin à la blanche parure des montagnes ; nous le supplions de vouloir bien se lever comme il s'était couché.

Ce premier hommage rendu au Dieu qu'on adore au Righi, nous envoyons notre guide retenir nos chambres à l'unique auberge du lieu. En homme entendu, Ulric nous choisit des chambres à l'est, où, en cas d'extrême paresse, que la fatigue rendrait du reste bien excusable, nous pourrons, de notre lit, assister à la représentation du lendemain.

Nous courons à l'observatoire, bravant la gelée sous notre manteau ; nous voulons jouir du spectacle imposant d'un vaste horizon éclairé encore par les dernières lueurs du crépuscule, horizon sublime par la diversité des objets, par la variété des tons que présentent à l'œil étonné, ces lacs, ces prairies, ces neiges, ces rochers, ces villages qui s'endorment, ces bestiaux regagnant les chalets en agitant leurs clochettes harmonieuses....

Une seule chose pouvait nous arracher à ce spectacle ; c'était le froid qui devenait de plus en plus intense.... Nous rentrâmes donc dans la grande salle, où nous trouvâmes une nombreuse société d'Allemands, d'Anglais, de Russes, de Français, vraie tour de Babel où tous les langages se heurtaient jusqu'au moment suprême du souper.... où il se fit un long et unanime silence....

La table d'hôte n'était pas trop mauvaise ; et quand on songe à la saison avancée, à l'incertitude du tems, à la difficulté de pourvoir de mets confortables et substantiels, pour l'appétit d'une cinquantaine de touristes, une auberge isolée, située à 4,500 pieds au-dessus du niveau de la mer, c'est-à-dire neuf à dix fois aussi haute que la flèche de la cathédrale de Strasbourg, et cela, quand on n'a à sa disposition pour l'ascension des provisions, ni le chemin de fer d'*Ehreinbreisten*, ni le puits de *Casteldorer*, on éprouve le besoin de témoigner toute sa gratitude à l'hôtelier providentiel qui ne profite pas trop de sa position pour écorcher le voyageur.

Il est fort difficile de dormir à l'auberge du Righi-kulm.

Des touristes, pur sang, dont nous n'étions séparés que par une mince cloison, se croyaient obligés d'être fort bruyans. Ils s'étaient placés en observation à leur fenêtre, et ils avertissaient les habitans de l'hôtel, avec l'exactitude d'une vigie placée au haut du grand mât, de toutes les vicissitudes du ciel. Il ne passait pas un nuage sur la lune qu'il ne fût signalé.

Nous avions fini par succomber à la fatigue, quand une cloche fortement agitée nous réveilla.

Cette fois, c'était le signal officiel du lever du soleil. Nous ne voulûmes point être en reste avec lui. Habillés en un clin d'œil, nous courûmes au point culminant de la montagne.

Toute la société s'y trouva bientôt réunie.

Rien de plus bizarre que cette collection d'observateurs dont quelques-uns avaient conservé leur costume de nuit, assez mal dissimulé sous l'épaisse couverture empruntée à leur lit, et qui les drapait majestueusement, emprunt défendu, par le réglement affiché dans chaque cellule, qui le punit d'une amende de 1 fr. 50 c.

Le soleil se levait sans nuages.

Il colorait le sommet des monts d'une teinte orange qui s'affaiblit insensiblement.

Les vallées étaient encore dans l'obscurité. Au dessus des lacs s'élevaient des vapeurs qui se condensaient en montant et s'attachaient aux parois des rochers.

Peu à peu, la lumière descendit sur les lacs, interceptée seulement à certaines places par les nuages devenus plus épais.

Puis, enfin, radieux, le soleil s'élança dans l'espace qu'il illumina complètement.

Alors nous pûmes jouir du sublime panorama qui embrasse 3 chaînes de montagnes, 14 lacs, 17 villes, 40 villages, 70 glaciers, 100 lieues de circonférence !

Et si, de cet ensemble, nous descendons aux détails, que voyons-nous ?

Au pied du mont, à l'Est, les vestiges effrayans de l'horrible convulsion qui détruisit, en 1806, sous un éboulement de rochers, le village de *Goldau* et combla en partie le lac de *Lowerz ;*

A l'Ouest, le mont Grutli, berceau de la liberté suisse, où, dans la nuit du 17 novembre 1307, trois hommes de cœur, Walter Furts, de Schwitz, Verner Stauffacher, d'Uri, et Arnold Melchtal, d'Unterwalden, jurèrent d'affranchir leur pays, et tinrent parole ;

Et, au milieu de tout cela, le lac des Quatre-Cantons, théâtre historique du drame de Guillaume Tell.

En parcourant des yeux ces lieux célèbres, l'idée nous vint de les voir de plus près, et nous concertâmes aussitôt notre plan avec le voyageur que nous avions rencontré à Notre-Dame des Neiges, et que nous retrouvâmes au Righi, aussi enthousiaste que nous.

Ce plan consistait à descendre de la montagne à Kussnacht, où Tell tua Gessler, à nous embarquer là, sur le lac, pour aller visiter Altorf où le héros tira la pomme sur la tête de son fils, et a revenir coucher à Lucerne.

C'était, comme on le voit, prendre le drame à rebours — mais notre itinéraire nous forçait à commencer par le dénoûment — encore fallait-il pour réussir dans notre projet, un concours de circonstances qui heureusement ne nous manqua pas.

Nous descendîmes donc le Righi par le versant occidental :

Cette fois, tous à pied, à l'exception des deux dames qui avaient conservé leurs chaises à porteur.

La descente se fit assez rapidement. Notre compagnon, dont nous avions appris la qualité au Righi, n'était point un marchand de vin, mais un prince Russe, malade, que son médecin envoyait se guérir à Vevay où se mange le meilleur raisin de la Suisse. Il était aimable, instruit, et s'occupait principalement de botanique. Il avait tout récemment fait un voyage à Douai pour visiter la riche collection de M. Taffin. Il ne négligeait aucune occasion de voir et d'acquérir les plantes rares dont il entendait parler. Un bateau à vapeur frété par ses soins avait transporté dans ses serres de Pétersbourg ses derniers achats.

L'attention avec laquelle je fixais une fente de rocher lui fit croire un instant que je partageais aussi son goût pour la botanique, et que je venais de rencontrer quelque *lilium bulbiferum*. Je ne lui répondis qu'en lui présentant un reptile percé de mon bâton ferré.... Malheureusement, je ne pus pas même lui apprendre si ma victime était une innocente couleuvre ou une hargneuse vipère.

J'ai toujours admiré et envié, en voyage, les hommes doués d'une spécialité quelconque : soit que, chargés de la classique boîte de fer-blanc, ils cueillent les plantes de la montagne ; soit que, pourvus de bocaux *ad hoc*, ils plongent incessamment dans l'esprit de vin les monstruosités de l'espèce animale ; soit que, armés du petit marteau dont fit naguère un usage déplacé, feu Peytel

Si méchamment défendu par Balzac,

ils brisent les rochers et remplissent leurs poches de petits cailloux, sous prétexte de minéralogie ; soit même qu'à l'exemple de notre Anglais de Francfort, ils collectionnent des pommes de terre de tous les pays qu'ils parcourent ; il y a dans leur passion quelque chose de vif, de complet qui adoucit les fatigues et double les plaisirs du voyage. Faute de mieux, je dus me contenter de *colliger* mes souvenirs.

Il était onze heures quand nous arrivâmes au-dessus de Kussnacht, dans le canton de Schwitz :

Là commençait notre voyage historique.

KUSSNACHT.

De la hauteur où nous nous trouvions encore, nous apercevions à gauche, se détachant en blanc sur le flanc de la montagne, un grand pan de mur ; c'est tout ce qui reste du château de Gessler. A cette ruine conduit un chemin creux que suivait le gouverneur alors qu'il revenait, sans son prisonnier, de Brunnen où il débarqua, pour se rendre à son château par Zug et Arth, en tournant le Righi. Ces tilleuls qui ombragent le chemin creux sont les successeurs de l'arbre derrière lequel se cacha le héros, à l'heure de *son sublime guet-à-pens,* pour parler comme M. de Sismondi, quand, échappé des mains de Gessler dont il repoussa la barque dans les flots, il courut l'attendre, pour le punir, jusqu'aux portes de son château.

Cette chapelle, à l'entrée du chemin, a été érigée à l'endroit même où expira le tyran de l'Helvétie....

On comprend avec quelle religieuse attention nous visitâmes ces lieux illustrés. La chapelle est simple et modeste ; sous une espèce de péristile, soutenu par deux piliers, on voit une mauvaise peinture représentant l'action de Tell, avec une légende en vers allemands qui invite les bons Suisses à l'imiter dans une pareille circonstance.

Nous descendîmes le chemin creux, nous nous abritâmes un instant sous le mémorable tilleul dont nous cueillîmes quelques feuilles, et un instant nous demeurâmes absorbés dans une contemplation rétrospective ; il fallut l'arrivée de quelques paysans en costume moderne, habit veste étriqué, chapeau de paille, rond, et de quelques paysannes en cornettes et en robes d'indienne à manches à gigot, pour nous tirer de notre extase, et nous replonger dans la Suisse de 1842 où tout est changé, excepté la nature.

Nous ne restâmes qu'un instant à Kussnacht, le tems de boire à l'hôtel de l'*Aigle d'Or* une bouteille de Champagne en l'honneur du héros helvétien.

Notre guide Ulric, que nous avions cédé au prince qu'il devait accompagner dans l'Oberland, nous pressa de nous embarquer pour rejoindre le bateau à vapeur de Lucerne à l'heure où il passe à l'extrémité du golfe de Kussnacht. Il avait loué pour notre compte une barque longue, étroite, assez frêle, dirigée par trois rameurs. Nous nous y plaçâmes sans hésiter : les dames même auraient éprouvé quelque crainte, que leur fierté moscovite les aurait empêchées de la laisser entrevoir à des Français, et nous voilà partis, fendant les vagues du lac historique, d'un bleu azuré, quand la parure variée des rives ne vient pas les teindre de ses riches couleurs.

Nos trois rameurs, contrairement aux usages nautiques, debout, le visage tourné à l'avant, poussaient vigoureusement les rames attachées par un lien d'osier.

Notre guide avait bien calculé le tems et la distance. Nous apercevons un panache de fumée derrière l'île d'Alstadt. — L'île est doublée, le bateau est en vue, un foulard que nous arborons au fer de nos bâtons signale au capitaine notre présence et notre intention. Il manœuvre en conséquence. En un clin-d'œil, nous sommes hissés à bord — et nous sommes en plein lac de Lucerne.

LE LAC DES QUATRE CANTONS.

Ce lac figure assez bien une étoile à quatre branches, dont la plus longue s'étend jusqu'à Fluelen, canton d'Uri ; les autres branches baignent Alpnach, canton d'Unterwalden ; Kussnacht, canton de Schwitz, et Lucerne, c'est pourquoi on l'appelle aussi le lac des Quatre Cantons.

Son étendue de Lucerne à Fluelen, d'Est à Ouest, est de six lieues, et de quatre lieues et demie seulement d'Alpnach à Kussnacht, ou du Nord au Sud.

La partie du lac que nous parcourons est bordée d'énormes rochers à pic au-dessus desquels, par intervalle, percent les sommets neigeux du Pilate et du Righi.

On nous montre, sur notre droite, le fameux mont Grutli, où se réunirent les sublimes conjurés. Une petite prairie en pente, qui s'étale sur le flanc de la montagne, est signalée comme le théâtre de ce serment solennel, qui eut Dieu pour témoin. Et la tradition rapporte que, prompt à répondre à l'appel adressé à sa justice par les opprimés, Dieu fit jaillir sous les pieds des trois Suisses, trois fontaines qui existent encore aujourd'hui, sous le hangar en maçonnerie que fit élever, pour les garantir, le roi de Prusse.

On ne s'attendait guère à voir le roi de Prusse en cette affaire. Devine qui pourra le mystère d'une politique qui pousse un roi protestant à achever la cathédrale de Cologne, un monarque absolu à perpétuer la mémoire des vengeances du peuple!

Nous touchons à Brunnen, village considérable du canton d'Uri. C'est le petit port où finit par débarquer Gessler, malgré les efforts de la tempête, après la fuite de son prisonnier Guillaume Tell.

Plus loin, sur la gauche, au pied du mont Achsemberg, cette petite chapelle qui a la forme d'un temple grec, couvre de son toit protecteur la saillie du rocher sur lequel le héros sauta, en abandonnant Gessler à la fureur des flots.

Mais le bateau s'arrête. Nous sommes à Fluelen où Tell, enchaîné, fut jeté dans une barque qui devait le conduire à Kussnacht....

Ainsi, nous avions suivi toutes les phases de ce drame si populaire, et auquel la sublime musique de Rossini a donné une vie nouvelle.

Il ne nous restait qu'un seul endroit à visiter — Altorf, où l'insolence du gouverneur, qui voulait qu'on s'abaissât devant son chapeau fiché au haut d'un poteau, amena le magnanime refus de Guillaume Tell, et exposa le héros à l'épreuve la plus cruelle pour le cœur d'un père.

Altorf est situé à une lieue de Fluelen. Et notre capitaine, après avoir déchargé son monde, pressait le retour à Lucerne....

Il fallut, pour attendrir cet inflexible compatriote de Guillaume Tell, le prendre par les sentimens, lui chanter le fameux air de Duprez :

D'Altorf les chemins sont ouverts!

Il ne nous *suivit pas;* mais *pour seconder, en ami, notre vaillance,* il consentit à nous attendre une heure, déclarant que si nous n'étions pas de retour, ce délai expiré, il partirait sans nous.

On conçoit notre empressement à nous emparer d'une calèche qui se trouvait là, à la disposition des amateurs, et, au galop pour Altorf!

ALTORF.

Après avoir longé sur notre droite quelques jardins où les enfans tiraient à l'arbalète, jeu classique, abandonné par les hommes qui préfèrent tirer à la cible au fusil, et sur notre gauche quelques cabanes où, aux fenêtres, apparaissaient, attirées par le bruit de notre voiture, quelques vieilles femmes au goitre hideux qui leur pendait sur la poitrine, nous arrivâmes au centre de la ville; la première chose que nous y vîmes, à côté d'un café portant une enseigne française — billard — ce fut une fontaine surmontée des figures de Guillaume Tell et de son fils; c'est l'endroit où ce dernier, une pomme sur la tête, se posa, après avoir embrassé son père; à plus de cent pas de là, à la place où le père arma son arbalète, une chapelle a été érigée. C'est une idée pieuse et qui se reproduit très fréquemment en Suisse, de mettre ainsi sous la protection de la religion les faits mémorables des annales; c'est une sanction de plus que l'on attache aux souvenirs de gloire et de liberté. Près de ce symbole de délivrance, adossé presqu'au mur de la chapelle, se dresse un poteau de cyprès, auquel pend un collier de fer : c'est le pilori.... On pouvait choisir un endroit plus convenable pour les expositions. On nous montra aussi l'emplacement de la prison où Tell fut enfermé.

Pressés par l'heure, nous regagnâmes promptement notre bateau à vapeur, heureux de revoir ce beau théâtre de la Suisse délivrée, non plus à rebours, cette fois, mais chronologiquement, en suivant sur les ondes et sur les rochers les traces du héros.

LE LAC.

Il nous sembla même que le ciel voulut contribuer à compléter l'illusion. Il s'assombrit tout d'un coup; les eaux si calmes du lac s'agitèrent aux vents soufflans du Saint-Gothard, et, à notre grand étonnement, car la seule chose que nous ne comprenions pas bien dans le drame, c'était la tempête, sur ce lac paisible, à notre grand étonnement une tourmente furieuse nous fit mieux apprécier le danger qu'avait couru Gessler....

« Quand une fois, dit le pêcheur de Schiller, la tempête a pénétré » dans cette enceinte, alors elle s'y débat comme la bête féroce, qui, » renfermée dans une cage de fer, cherche vainement la porte et s'élance » en rugissant contre les barreaux; de même, resserrées dans ces murs » de rochers qui s'élancent jusqu'aux nues, les vagues ne trouvent aucune issue.... »

Et les vagues et les rochers ne paraissaient pas plus disposés à s'abaisser devant notre chapeau que jadis devant celui du gouverneur; mais nous avions de plus que lui un bateau à vapeur, et nous en fûmes quittes pour de légères nausées, qui se dissipèrent à Lucerne: il était nuit; la complète obscurité qui régnait nous fit dire aussitôt que si Lucerne tient quelque peu à son étymologie latine, elle doit au moins être éclairée.

LUCERNE.

Nous descendons à l'hôtel du *Cygne;* une partie de l'équipage y reste avec nous, l'autre partie suit le prince à l'hôtel du *Belvédère,* annexe du *Cygne.* Ne comptant plus nous revoir le lendemain, notre compagnon se dirigeait vers l'Oberland, et nous voulions arriver promptement à Genève; nous nous faisons nos adieux : — Quand vous viendrez à Lille..... — Quand vous viendrez à Pétersbourg..... — Au revoir.....

Un garçon de l'hôtel nous conduit à la Poste, où nous avons des lettres à prendre et des places à retenir pour Berne; il nous fait enfiler un long couloir en bois dont l'obscurité nous empêche de bien comprendre la destination; après avoir parcouru en tâtonnant l'espace d'un kilomètre, nous touchons la terre ferme, près de la Poste, et nous nous apercevons alors que nous venons de traverser un de ces ponts bizarres qu'on ne trouve qu'en Suisse; constructions massives, surmontées d'un toît. Le pont de la Cour, c'est ainsi qu'on l'appelle, est jeté sur un bras du lac. Il faut avoir le pied Lucernois pour s'aventurer, sans crainte de se casser le cou, sur ce long plancher hérissé de marches qu'il faut à chaque instant monter ou descendre; il faut avoir l'ingénuité Suisse pour ne pas redouter les attaques des *tire-laines* qui auraient beau jeu pour détrousser un voyageur, et le jeter ensuite dans le lac; aussi, avouerons-nous franchement que nous avons éprouvé une certaine frayeur quand, en retournant à l'hôtel sans notre guide que nous avions perdu en route, nous nous retrouvâmes sur cet infernal pont.

Le lendemain, lorsque le soleil nous permit de mieux apprécier le pont de la Cour, nous lui adressâmes nos excuses bien sincères de la mauvaise opinion que nous avions conçue de lui; c'est toujours une construction atroce, comme architecture, mais c'est une délicieuse promenade à couvert, sur le lac bleu, animé par d'innombrables poules d'eau que l'hospitalité Lucernoise a rendu familières.

L'illustre Châteaubriand dont la passion pour les chats est devenue proverbiale, s'était épris d'amour pour ces gentilles poules d'eau, et chaque matin, durant son séjour à Lucerne, appuyé sur la lourde rampe du pont, il leur donnait à manger.

Nous admirions la familiarité de ces charmantes poulettes qui émaillaient en folâtrant les ondes azurées de leur noir plumage, quand un cri aigu attira notre attention sur un scélérat de chat, peut-être celui que l'inconstant Châteaubriand avait délaissé, qui venait de faire une prisonnière. Nous fûmes assez heureux pour forcer le vainqueur à lâcher prise.

Lucerne est une assez triste ville, mais sa position est admirable ; baignée par le lac, elle a pour horizon les superbes montagnes de l'Oberland, parmi lesquelles on distingue la *Yung-Frau* et les glaciers du *Grindewald.*

Lucerne, république aristocratique, est le chef-lieu d'un canton catholique. La ville partage avec Berne et Zurich l'honneur d'être alternativement et pendant deux années le siége du gouvernement fédéral. Son tour venait d'arriver, cette circonstance permettait de remettre sur le tapis la question des couvens de l'Argovie, assez peu intéressante pour nous, qui *n'étions pas de la paroisse.*

Nous n'avions guère à voir à Lucerne que le fameux monument du 10 août, élevé à la mémoire des Suisses qui moururent en 1792 pour la défense de la monarchie française.

Ce monument, œuvre du célèbre sculpteur Thorwalsden, est situé à une portée de fusil de la ville ; nous nous y rendîmes sans guide. Il est impossible de tirer, pour un sujet de ce genre, un meilleur parti de la nature des lieux.

A la base d'un immense rocher vertical, l'artiste a creusé une grotte semi-circulaire qui abrite un énorme lion expirant, le corps percé d'une lance, et défendant encore de sa griffe allongée un bouclier fleurdelysé. Ce lion taillé en haut relief, et d'un seul morceau, dans le roc même, a 28 pieds de longueur sur 18 d'élévation.

Ce monument que baigne un petit bassin répondant par sa forme à la voûte de la grotte, et que vient couronner la riche végétation de la montagne, est de l'aspect le plus poétique.

Sur des tables de marbre sont écrits les noms des officiers et soldats, victimes de leur fidélité.

On avait choisi pour garder le monument un invalide, blessé du 10 août ; par une singulière coïncidence, ce vieux brave est mort le 10 août 1842, juste cinquante ans jour pour jour après la défense des Tuileries. Il est remplacé provisoirement par un Suisse de Charles X, qui à ce qu'il nous dit, doit cette faveur à une balle qu'il reçut dans son schakos le 27 juillet 1830.

Comme à Bâle, nous voulûmes visiter l'arsenal : c'est avec admiration que nous aperçûmes, rangées contre les parois, ces énormes lances autrichiennes, trophées de la bataille de Sempach, teintes encore du sang généreux d'Arnold Winkelried.... On sait qu'à Sempach, grâce à leur ordre de bataille, les Autrichiens s'avançaient en colonnes serrées, chassant devant eux les Suisses, qui ne pouvaient entamer leur rempart de hallebardes, quand Arnold Winkelried se dévoua. Descendant de cheval, il défit son armure, attendit les ennemis, et lorsqu'il sentit les pointes de leurs piques contre son cœur, *ce sublime embrasseur de lances,* comme l'appelle une vieille chronique, en saisit le plus qu'il put de ses bras héroïques, et les réunissant contre sa propre poitrine, il les retint en les enfonçant de manière à former dans les rangs autrichiens un vide par où ses compagnons s'élancèrent dans les masses ennemies.

Je doute que l'on trouvât dans les fastes d'aucun peuple un trait plus beau que celui d'Arnold Winkelried, aussi partout en Suisse son nom est-il populaire comme celui de Guillaume Tell.

On nous montra en même tems l'armure de Zwingle et le cor de Charles-le-Téméraire.

Le rez-de-chaussée est consacré aux armes modernes. Nous y comptâmes quelques centaines de fusils, autant de briquets, et six canons. C'est à peu près tout le matériel de guerre du canton de Lucerne ; nous aurions été tentés d'en rire, si nous ne nous étions rappelés que, peu d'années auparavant, le canton de Lucerne avait, malgré ses faibles ressources, pensé sérieusement à défendre les droits de l'hospitalité qu'il avait accordée au neveu de Napoléon ; le départ volontaire du prince sauva Lucerne des dangers d'une lutte inégale.... Cette attitude d'un petit peuple, dans une question d'honneur national, fait passer sur les tendances contre-révolutionnaires de son gouvernement.

La cathédrale est fort remarquable. Elle est entourée d'un cloître dans lequel sont inhumées beaucoup de personnes de distinction ; le cimetière proprement dit est hérissé de croix dorées, alignées avec la symétrie d'un peloton allemand.

A onze heures, nous quittions Lucerne. Nous avions les premières places ; pour nous, les premières places c'était le coupé, d'où l'on jouit si bien du paysage. En Suisse, il en est autrement : les premières places sont dans l'intérieur, et la discipline des messageries nous confina bien malgré nous dans la boîte du milieu.

Le pays que l'on parcourt est bien cultivé en pommes de terre, chanvre, céréales. On ne forme point de meules, les bleds sont battus aussitôt que coupés, et les grains renfermés. La construction des fermes, toutes adossées à un monticule, permet aux chariots d'apporter les pailles jusqu'au grenier même, où ils arrivent par une pente douce.

Nous aperçûmes à peu de distance de la ville des femmes occupées à la terre, sous la garde d'un homme de police, armé d'une carabine. Ce sont des femmes condamnées aux travaux forcés et qui subissent leur peine à la lettre.

Nous ne distinguâmes point de costume particulier dans le pays que nous parcourions ; les cabanes n'ont rien de fort pittoresque, toutes ont un vaste toît qui avance de plusieurs mètres au-delà de la façade.

Il était minuit quand nous arrivâmes à Berne, à l'*Abbaye des Gentils-hommes,* hôtel de second ordre où nous fûmes fort bien traités.

BERNE.

Berne est une des belles villes de la Suisse. Toutes les rues ont des galeries couvertes dans le genre de la Place Royale, à Paris, ou de notre Bourse, à Lille. Ces galeries sont garnies de boutiques. Le mardi 27, nous commençâmes nos courses de bonne heure : c'était jour de marché, et indépendamment des galeries déjà animées par la population, les campagnards garnissaient extérieurement les deux côtés de la rue avec leur étalage de fruits et de légumes.

Berne est le seul canton de la Suisse où se soit conservé le costume national, sans doute parce qu'il est joli et qu'il s'accommode facilement aux progrès de la *fashion.* Il y avait là des milliers de paysannes, toutes uniformément vêtues, toutes à la coiffure noire que relève de chaque côté de la figure deux larges ailes de papillon en crin ou en forte dentelle ; au corsage de velours, fixé sur l'épaule par une chaîne d'argent, et qui se détache sur une chemisette blanche aux larges manches bouffantes et plissées. Les goitres sont fort communs : la cravate de velours sert à les dissimuler. — Le costume des hommes est aussi uniforme, mais fort laid. Un chapeau rond de paille noire, une veste à pans en droguet, pantalon de même étoffe.

Mais ce que l'on voit en plus grand nombre à Berne, ce sont les ours. Il y en a en pierre sur les fontaines, en bronze sur les piliers des barrières, en marbre dans les églises, sur les fonts baptismaux, sur les tablemême de communion, en chair et en os dans les fossés, nourris sur les fonds d'une dotation spéciale. Le nom de la ville de Berne, prononcé en allemand d'une certaine manière, veut dire ours.... Quelle que soit l'origine de cette passion des habitans de Berne pour le plus vilain animal de la création, elle est ancienne; car j'ai lu dans M. de Barante, je crois, qu'à la bataille de Granson, un Italien de l'armée du duc de Bourgogne, renversé par un Bernois, dut la vie à l'invocation de saint Ours, son patron.

La cathédrale est du 15.ᵉ siècle. Elle est surtout remarquable par ses vitraux, coloriés par Walther. Sur l'une des fenêtres du chœur, l'artiste a peint le moulin du Sacrement : on voit le pape, armé d'une pelle, et jetant dans un moulin, mû par un ruisseau, les quatre évangélistes qui en sortent sous forme d'hosties qu'un évêque reçoit dans un calice.

L'artiste, par un caprice qui n'est pas sans exemple à cette époque de controverse religieuse, aura voulu critiquer le miracle de la transubstantiation.

Aux hommes qui n'avaient pas la presse pour publier leurs idées, tout était matière à satyre.

Nos vieilles cathédrales elles-mêmes, devant le portail desquelles on s'incline avec le respect de la foi, présentent dans leurs sculptures et dans leurs ornemens vus de près, la preuve de l'esprit critique et hétérodoxe de certains architectes et imagiers.

A midi, nous partons pour Fribourg, dans une voiture de supplément, sorte de char posé de côté sur le train.

La route est fort bien entretenue. Le terrain étant accidenté, le sabot d'enrayage joue un grand rôle dans le roulage.... Il faut, sous peine d'amende, serrer la roue à chaque descente de côte, des inscriptions allemandes préviennent les conducteurs; et dans la crainte de n'être pas suffisamment comprise dans ses prescriptions, la police pousse la précaution jusqu'à faire peindre, sur les poteaux indicateurs, une roue enrayée.

A quelques kilomètres de Berne, le costume des femmes est déjà bien changé, la coiffure surtout. Les tresses sont repliées autour de la tête, et quand il pleut, elles sont retenues par un mouchoir rouge qui forme turban.

Il n'était pas encore trois heures que nous étions près de Fribourg, chef-lieu d'un canton catholique où se tient un collége de jésuites; mais la merveille de Fribourg, c'est son pont suspendu.

FRIBOURG.

Une profonde vallée au fond de laquelle roule la Sarine séparait autrefois Fribourg de la route directe de Berne. Pour accéder à la ville, il fallait faire un détour considérable qui dégoûtait les voyageurs. Afin de réunir les deux montagnes, la ville de Fribourg a fait hardiment jeter sur la vallée un pont suspendu qui a 941 pieds de long, 22 de large, et 165 de hauteur au-dessus de la rivière.

Quand, au détour de la route nouvelle, on aperçoit cet édifice aérien qui domine un riant paysage, on demeure saisi de surprise et d'admiration.

Toute la force de la suspension repose sur deux culées, en forme de portiques, qui ornent majestueusement les deux extrémités du pont, et qui supportent deux grands cables tressés de fil de fer, qui vont s'amarrer, des deux côtés, dans des puits de 58 pieds de profondeur, entièrement taillés dans le roc.

Les voitures les plus lourdes roulent sur ce pont sans lui faire éprouver la moindre oscillation. Il n'en est pas de même du petit pont, encore plus élevé, jeté sur la vallée du Gautheron, un peu plus loin : c'est un vrai *tremplin*.

Le pont de Fribourg est l'œuvre du colonel Chaley, ingénieur français. Nous nous en enorgueillissons comme compatriotes, de même que naguère nous nous honorions, en parcourant le *tunnel* de Londres, des rapports de nationalité qui nous unissaient à M. Brunel. Toutefois, nous devons le dire, nous serions encore *plus fiers d'être Français* si nous pouvions admirer en France le pont de Suisse et le tunnel d'Angleterre.

Il y a aussi à entendre, dans la cathédrale, un orgue rival de celui de Harlem; le cor du postillon qui nous rappelait, nous priva de ce plaisir. Nous reprîmes nos places pour Lausanne où nous arrivâmes à minuit, après avoir traversé les villes de Payerne et de Moudon.

LAUSANNE.

Nous n'avions pas le choix de l'hôtel : nous entrons au *Grand Pont*, voisin de la diligence.

Notre première visite, le matin du 28, est pour la fameuse prison pénitentiaire. Après quelques informations, nous nous dirigeons vers une grande maison d'un aspect assez gai, jouissant d'une vue délicieuse sur le lac de Genève, sans grilles, ni fossés, ni sentinelles. — Nous hésitons avant de sonner ; enfin, nous nous décidons : une brave femme sort du pavillon à notre droite. Nous étions bien à la prison pénitentiaire, mais les étrangers ne pouvaient être admis à la visiter qu'à trois heures. Comme nous partions à midi pour Genève, nous insistons ; la portière nous indique un moyen : elle nous adresse au pasteur, dont la recommandation peut nous ouvrir les portes ; en effet, sur la communication que nous lui donnons personnellement de nos passeports, M. le pasteur veut bien nous écrire un billet pour l'inspecteur qui s'empresse de nous introduire dans la maison.

La prison a la forme d'un parallélogramme que coupe par le milieu, du Midi au Nord, la cour d'entrée, flanquée des pavillons de la gendarmerie et du portier ; le bâtiment intérieur, qui comprend tout le service des employés et une arrière cour ; il y a aux quatre angles quatre divisions bien séparées, criminelles et correctionnelles, pour les hommes et pour les femmes. Le premier étage du centre est consacré au logement de l'inspecteur et des employés ; il a un corridor extérieur qui forme avec les deux pérystiles un chemin de ronde d'où l'œil embrasse toute la maison. Les huit cours attenant au bâtiment central communiquent entr'elles et forment un chemin de ronde qu'une sentinelle parcourt pendant la nuit. Dans les quatre grandes cours qui sont destinées aux prisonniers des diverses catégories se trouvent des jardins cultivés par eux pendant les heures de promenade.

Les cellules, au nombre de 104, sont au premier étage des bâtimens latéraux.

Le système cellulaire complet avait été adopté dans le principe, mais on l'a bientôt abandonné pour le système cellulaire de nuit avec le travail en commun pendant le jour. La règle du silence est rigoureusement observée.

Tel est l'attrait de la société, même avec la prohibition de la parole, qu'une des fortes punitions consiste à laisser un détenu dans sa cellule, lorsque les autres sont réunis près de lui.

Nous en avons vu un exemple dans la division des femmes. A un signal donné par une gouvernante, toutes les cellules s'ouvrirent avec une précision mécanique, et les femmes sortirent. Une seule cellule resta fermée, et par le *judas* nous pûmes apprécier la tristesse de la prisonnière, séparée par une porte seulement, de ses compagnes qu'elle ne pouvait voir.

La pierre de touche des systèmes pénitentiaires, c'est la question des récidives. L'inspecteur se plaignait à cet égard ; mais il attribuait le grand nombre des récidivistes aux changemens apportés par la législation nouvelle qui diminue singulièrement la durée des peines édictées par le Code de 1791 qui jusque-là régissait le canton de Vaud. La moyenne des décès est de 4 à 5 pour 100 ; il y a quelques aliénés que l'on transporte dans un hospice appelé poétiquement le Champ-de-l'Air, où ils sont employés aux travaux de la terre.

La cantine est entièrement supprimée.

Le travail consiste dans le tissage et la cordonnerie.

La nourriture est bonne ; chaque jour, du pain et une soupe aux légumes ; de la viande deux fois par semaine. Il n'y a pas d'entreprise pour les fournitures ; l'inspecteur est chargé du ménage.

En somme, l'ordre le plus parfait règne dans cette maison ; sous tous les rapports, c'est un établissement modèle ; mais il faut se hâter de dire que sur une grande échelle il n'offrirait certainement pas les mêmes résultats. Il y a cent trente détenus et seize employés ; avec ce luxe de surveillance, il faut convenir que le problème de l'ordre est facilement résolu.

Nous voulûmes voir la maison où Gibbon, célèbre historien anglais, termina, après vingt ans de travaux, son beau livre de la décadence de l'empire romain.

On sait ce qu'il dit dans ses Mémoires de l'impression qu'il ressentit en finissant son œuvre, de sa première émotion de joie à l'instant du recouvrement de sa liberté, et peut-être de l'établissement de sa réputation, et de la mélancolie qui vint bientôt saisir son cœur à la pensée qu'il avait pris un congé éternel d'un vieux et agréable compagnon, et que quelle que fût la durée de son œuvre, la vie de l'historien ne pouvait être que bien courte et bien précaire....

En nous rappelant ces paroles touchantes, nous aurions été bien près de nous attendrir sur ces pressentimens de Gibbon, qui ne furent point trompeurs, si au même moment son portrait ne nous avait reporté à une circonstance beaucoup moins triste de sa vie.

Quand l'historien anglais, dont la figure fort rebondie était privée, ou à peu près, de la proéminence que nous appelons le nez, fut présenté à M.me Geoffrin, il s'approcha d'elle pour l'embrasser, cette dame aveugle, lui passa, en tâtonnant, la main sur la figure, et elle ne l'eût pas plutôt sentie, que, la prenant sans doute pour une toute autre partie du corps, elle la repoussa en s'écriant : Quelle affreuse plaisanterie !...

Le portrait rend fort excusable l'erreur de M.me Geoffrin.

La cathédrale, bâtie sur une hauteur, d'où l'on découvre une vue magnifique, est la plus belle et la plus ancienne église de toute la Suisse. Il y a deux étages de galeries soutenus par des colonnes d'un travail exquis. Cette église est du 11.e siècle et renferme, entr'autres tombeaux, celui de M.me Stratford-Canning, ouvrage de Canova.

Un omnibus nous conduisit au bateau à vapeur le *Winkelried*, qui partait à midi pour Genève.

LE LAC DE GENÈVE.

Le lac Léman, ou de Genève, a, dans sa plus grande étendue, dix-neuf lieues de longueur et trois lieues et demie de largeur. A partir de Nyon, sa largeur n'est plus que d'une lieue ; il va en se rétrécissant vers Genève.

Il est impossible de rien se figurer de plus imposant que cette immense pièce d'eau d'une limpidité qui permet de distinguer à huit ou dix pieds de profondeur, et d'une tranquillité qui la fait ressembler à un miroir. Mais ce qui attire, ce qui transporte, c'est l'intérêt qui s'attache à ses rives célèbres. Derrière Lauzanne, on laisse Chillon, immortalisé par Byron ; Clarens, théâtre des amours de Julie et de Saint-Preux ; Vevay aux vignobles exquis ; et quand on quitte Lauzanne pour s'avancer vers Genève, comme contraste à la sombre nature des rochers de la Meillerie et des fronts chauves des monts de la Savoie qu'il trouve à sa gauche, le voyageur rencontre à droite les riants côteaux qui couronnent Morges, Rolle, Nyon et Coppet, où plane la grande ombre de Corinne.

Notre traversée par un beau tems est vraiment délicieuse. Autrefois, avant la navigation par la vapeur, les voyageurs qui voulaient visiter les admirables rives du lac Leman étaient obligés de s'aventurer sur quelque bateau, souvent exposés à des naufrages dangereux sur l'onde capricieuse ; aujourd'hui, le lac est maîtrisé, et en même tems que l'on fait du chemin, que l'on court en avant vers le but que l'on s'est imposé, on jouit de toutes parts de l'aspect enchanteur du pays.

Mais voilà qu'au-dessus des monts de la Savoie, sur notre gauche en regardant Genève, apparait un dôme éclatant que dore un brillant soleil : c'est lui, c'est le Mont-Blanc, ce géant des montagnes....... — Tous les yeux sont fixés sur le colosse, — et l'on ne manque pas de profiter de cette éclaircie pour nous montrer la figure et le chapeau de Napoléon se détachant en blanc sur l'azur du ciel.

Le profil du chapeau est formé par le profil du mont ; la courbure de l'aile par l'arête supérieure du dôme *du Gouter*.

La base du chapeau ainsi que l'œil est formée par les *Rochers rouges*, etc. ; — ainsi du reste.

Je dois dire, pour mon compte, que je n'ai rien vu de tout cela ; mais je n'en ai pas moins été frappé de cette persistance du peuple de tous les pays à trouver la ressemblance de Napoléon là où se rencontre quelque chose de grand.

Jusque-là nous n'avions pas songé à visiter le mont Blanc. L'envie nous en prit sur le bateau même, et la facilité de nous en approcher par la vallée de Chamouny, nous fit former le dessein d'entrer en Savoie le lendemain.

GENÈVE.

A trois heures, nous étions à Genève dont le lac vient baigner le large quai, garni de magnifiques hôtels. Nous descendons à une petite grille, où, pour la première fois depuis notre entrée en Suisse, on nous demande nos passeports, que nous échangeons contre une carte de sûreté.

Nous cherchons un logement à l'*Hôtel de l'Ecu de Genève*, qui partage avec l'*Hôtel des Bergues* le prix de la fashion et du confortable.

Nous avions visité avec trop d'intérêt la maison pénitentiaire de Lausanne pour ne pas chercher à voir aussi, avec quelque détail, la prison non moins célèbre de Genève.

La complaisance d'un conseiller d'état qui se dérangea de son diner pour nous procurer l'entrée de l'établissement, nous épargna un tems précieux.

La construction est toute différente de celle de la prison de Lausanne. A Genève, on a adopté le plan semi-panoptique. La partie rayonnante est composée de deux bâtimens allongés que sépare un mur, et qui viennent aboutir au point central d'où la surveillance embrasse, d'un coup d'œil, à l'aide d'un petit guichet, toute l'étendue des deux bâtimens. La même faculté a lieu pour le premier étage.

Comme à Lausanne, on pratique le système cellulaire de nuit, avec le travail en commun pendant le jour. Ce serait une erreur très grave de s'appuyer sur les résultats obtenus à Lausanne ou à Genève, pour appliquer le même système en France. Les établissemens de ces deux villes, opérant sur des populations minimes, à l'aide d'un personnel comparativement très nombreux, ne peuvent fournir aucun renseignement concluant sur la grande question du système pénitentiaire, ni sur l'amendement des détenus, ni sur la facilité des évasions. Il n'y a que soixante détenus, et nous avons compté onze gardiens. — C'est à peu près le cinquième de la population prisonnière. — Qu'on ajoute à cela des précautions vraiment romantiques. — Les prisonniers arrivent les yeux bandés, et ne connaissent aucune des dispositions des lieux ; la nuit, ils sont forcés de déposer leurs vêtemens sur une chaise en dehors de leurs cellules, et quand, par un miracle de génie toujours facile à l'imagination des prisonniers, ils seraient parvenus à se guider dans le dédale de la prison, à s'aventurer même *en pan volant* sur les inaccessibles murs de ronde ; au moment où ils y songeraient le moins, la rencontre d'un des nombreux fils de fer tendus dans toutes les directions, agiterait aussitôt un carillon qui mettrait sur pied toute la garnison.

Au reste, la nourriture est meilleure qu'à Lausanne. La cantine n'est pas entièrement supprimée ; on l'interdit à quelques-uns par punition ; les autres peuvent se procurer dans l'établissement un supplément de pain, et des conserves de confitures.

Genève n'a pas terminé avec ses essais pénitentiaires. Nous avons été admis aussi à visiter la prison neuve, tout entière dans le système d'isolement absolu. Elle est destinée aux prévenus, aux enfans, aux dettiers et aux militaires. A part les militaires, pour lesquels la détention pénitentiaire sera toujours une absurdité, quand on n'aura à leur reprocher que des délits de leur état, on ne saurait qu'approuver la mesure qui isole de tout contact les prévenus, et les dettiers à qui l'on n'a pas le droit d'imposer une société qu'ils sont loin de désirer, et les enfans si faciles à recevoir les mauvaises impressions.

Nous aperçûmes en revenant la statue de Rousseau par Pradier. Elle est placée dans une petite île formée par un bras du Rhône. C'est une malheureuse idée que d'avoir affublé Rousseau d'une draperie grecque, autant valait son habit d'Arménien. Pourquoi ne pas l'avoir représenté avec son costume ordinaire, sa perruque, et tenant sa pervenche à la main?.... Rousseau est la gloire de Genève; on montre aux étrangers la maison dans laquelle il est né, dans une rue qui porte aujourd'hui son nom.

Autant que nous avons pu en juger par les établissemens parcourus à la hâte, Genève est une ville modèle sous tous les rapports; sa richesse, le grand nombre d'hommes distingués qu'elle renferme, la forme de son gouvernement, la fertilité de son sol, l'industrie de ses habitans, tout se réunit pour lui permettre de pratiquer des améliorations qui, chez les autres peuples, resteraient éternellement à l'état de théories.

A six heures nous étions rentrés à l'hôtel. Un sommelier en gants blancs annonce que le dîner est servi et l'on entre dans le salon. — Nous étions depuis quelques minutes à table, quand un garçon, qui se tenait en observation à la croisée, annonce que le mont Blanc daignait se montrer sous les rayons encore vifs d'un beau soleil couchant. — Chacun de courir pour admirer le géant des montagnes — et de se remettre ensuite à table. Il paraît que la même cérémonie a lieu tous les jours... quand le tems n'est pas trop capricieux. C'est un moment de digestion qui permet de passer plus facilement aux exercices du second service.

Pour le coup, nous n'y tenons plus, et nous courons retenir une voiture pour Chamouny.

UNE EXCURSION DANS LA VALLÉE DE CHAMOUNY.

A quatre heures du matin, notre conducteur sonnait à l'*Hôtel de l'Ecu.* — Nos compagnons étaient déjà dans la voiture; le garçon nous remit nos passeports avec le *visa* du consul Piémontais. — Ce visa coûte 4 fr. 95 cent.; c'est, dit-on, le seul traitement du consul; à l'entrée du territoire sarde, des carabiniers nous demandèrent nos passeports qu'ils visèrent de rechef, mais cette fois gratis. Ces carabiniers sont les gendarmes de la contrée. A neuf heures, nous étions à Bonneville; le terrain parcouru jusque-là, est triste, mal cultivé, il forme un contraste frappant avec le sol Genevois.... le délabrement des chaumières, la misère des paysans, les croix de mission, les mendians, les religieux, que l'on rencontre à chaque pas, donnent à cette partie des états sardes un air de ressemblance avec l'Espagne. — Et pourtant, on y parle bien français; Bonneville est une ville assez maussade, mais dans une belle position; les soldats sont mal vêtus, avec leurs longues capotes brunes, et leurs schakos de forme basse. — A côté de leur épinglette pend une petite brosse pour balayer le bassinet. Nous déjeûnons dans une salle où tout rappelle le bon tems de la Restauration française : des gravures nombreuses représentent les traits de vertu et de courage des membres de la branche aînée des Bourbons ; nous remarquons surtout le siége du Trocadero, où figure, avec les épaulettes de grenadier, le prince de Carignan, qui aujourd'hui, je pense, est devenu roi. Le code Napoléon régit encore le pays, sauf quelques modifications sur le système hypothécaire, et la répression spéciale du duel.

En attendant notre voiture, nous traversons à pied un beau pont sur l'Arve. Il est orné, à son extrémité, d'une colonne que surmonte une statue de Charles-Félix, élevée à ce prince, par les habitans de la contrée, en reconnaissance des travaux exécutés sous son règne pour endiguer la rivière sujette à de fréquens débordements.

La route jusqu'à Cluze et surtout de Cluze à Sallenches est des plus belles, par l'aspect terrible des montagnes, auquel succèdent, au moment où l'on s'y attend le moins, des points de vue plus agréables des cascades, des fontaines, des bosquets de verdure. C'est une nature autrement énergique qu'en Suisse ; déjà notre Righi n'est plus qu'une miniature.

A Saint-Martin, près de Sallenches, il faut laisser notre voiture...... Le gouvernement Sarde, qui paraît fort expert dans l'art d'imposer les étrangers, leur fournit, sous prétexte des dangers que présentent les courses dans la vallée, de petits chars de côté, à trois places, au prix modeste de 18 francs. — Il faut bien passer par là. — Après un dîner dont les truites de l'Arve ont fait les frais, nous nous confions à nos nouveaux postillons qui nous entraînent au galop ; nous grimpons ainsi pendant deux à trois heures une côte escarpée ; grâce à notre position, nous voyons bien devant nous ces énormes rochers qui nous cachent le ciel ; nous nous inquiétons peu de ce qu'il y a derrière ; n ous ne l'avons su qu'en revenant ; ce sont tout bonnement d'épouvantables précipices, que ne défend aucun garde-corps, et dans lesquels nous serions précipités si notre attelage faisait un faux pas sur la route étroite que nous parcourons ; il est nuit quand nous entrons dans la vallée de Chamouny. L'histoire de cette vallée est assez singulière. — Si l'on en croit les auteurs de manuels, elle serait demeurée entièrement inconnue jusqu'à 1741, époque où elle aurait été découverte par les Anglais Pocock et Vindham... 1741, disions-nous, c'est bien moderne, et nous nous attendions quasi à trouver dans cette vallée ignorée du monde quelque vestige de sauvagerie..... Le premier indigène que nous rencontrâmes se moqua de nous..... *Pocock* et *Windham* n'ont pas plus découvert la vallée de Chamouny que M. Alexandre Dumas n'a découvert la Méditerranée. — De tems immémorial, la vallée de Chamouny, et le Prieuré, sa capitale, ont entretenu des relations avec le monde civilisé, notamment avec Sallenches; les archives très-anciennes font foi de ces rapports.

Nous descendîmes à l'hôtel de la Rose, transis de froid; il n'y avait dans la salle commune que des Anglais, qui ne se dérangèrent pas pour nous faire place au feu : les Anglais sont, de tous les voyageurs, les plus égoïstes; un bon souper nous réchauffa..... Il va sans dire qu'on nous donna au dessert un gâteau de.... Savoie, je n'aurais pas bien soupé sans ce gâteau qui, pour être du crû, ne vaut pas ceux de M.me Busch, rue Esquermoise.

Nous fîmes prévenir aussitôt les guides pour notre ascension du lendemain au Montanvert et à la Mer de Glaces, et nous nous couchâmes dans de fort bons lits.

Nous étions sur pied avant les guides que, dans notre impatience, nous allâmes chercher nous-même; c'était jour de marché au Prieuré, et nous parcourûmes avec plaisir cette petite ville, placée dans la position la plus délicieuse, au fond d'une verdoyante vallée, qui semble une oasis au milieu des déserts de glace. Enfin les guides arrivent; le nôtre se nomme David Coutey, et porte le n. 27. D'après un réglement fort sage, les guides marchent à tour de rôle.

Nous suivons quelque tems la vallée, en traversant, sur un pont de bois, l'Arve, qui n'est encore qu'un modeste ruisseau; la montée commence; nous sommes heureux de nous être munis des bâtons ferrés du Righi. A notre droite s'étale le glacier des Bossons qui fait une longue tache blanche sur la verdure de la montagne. Nos yeux sont toujours fixés sur le Mont blanc, dont le guide nous indique et nous nomme les croupes et les aiguilles. A certains endroits, une longue traînée de décombres et d'arbres renversés annonce le passage d'une avalanche. Déjà la vallée disparaît de notre vue; les sapins qui s'échelonnent les uns sur les autres, nous ont montré leurs dernières cimes, et les rochers sauvages nous *surplombent* de leurs masses imposantes. David Coutey nous explique ses théories sur les glaciers; pour être admis dans le corps respectable des guides, il a dû passer un examen sur *les z-hauteurs*. — Coutey a des idées à lui que nous ne pouvons partager; par exemple, il est convaincu que l'on doit dire la Mère de Glace, et non la Mer de Glace, attendu que c'est du glacier du Montanvert que descendent toutes les glaces.... Nous lui parlons du mont Blanc, du bonheur que nous nous promettons de le voir de plus près, il nous répond par cette parabole : « Vous irez à Rome sans voir le pape. » En attendant, nous montons toujours, et après quatre heures d'une ascension fatigante, nous arrivons à une espèce de plateau. C'est le Montanvert.... De là le spectacle est magique. Au dessus de nous, à une distance de mille pieds, nous voyons le glacier appelé communément Mer de Glace, quoi qu'en dise David Coutey ; c'est une immense vallée qu'on ne peut mieux comparer qu'à une mer, dont les vagues soulevées par la tempête se seraient congelées tout d'un coup ; autour de cette mer se dressent les aiguilles gigantesques des montagnes couvertes de neige ; le soleil qui joue sur les vagues d'un blanc bleu, les fait étinceler comme le plus pur cristal....

Un châlet est là sur le Montanvert, auberge hospitalière d'où les touristes paresseux peuvent apercevoir la merveille sans quitter un bon feu et quelquefois une bonne table ; malheureusement, la saison était fort avancée, et l'hôtelier n'avait guère de provisions ; pas le moindre *beefsteaks* d'ours ! Nous avons vu le moment où nous aurions été obligés d'aller nous-mêmes à la chasse aux chamois qui galoppaient sur les cîmes des monts les plus élevés. Enfin, il trouva un reste de jambon et des pommes de terre ; pendant qu'il préparait son repas, je proposai au guide de descendre sur la mer de Glaces ; Coutey prit les devants et je le suivis avec précaution. La descente, par un étroit sentier, dure à peu près dix minutes. C'était un spectacle tout nouveau pour moi, que cette immense solitude de glaces, dans une prison de montagnes arides ; et seul, avec le guide, sur ces vagues durcies, au milieu du silence le plus profond, je me reportais par la pensée aux solitudes de l'Amérique, si bien décrites par Cooper. Et mon brave Coutey me représentait parfaitement l'honnête Bas-de-Cuir....

En face de nous, nous avions la montagne dite des Jardins, seconde halte de l'ascension au Mont-Blanc ; plus haut, à droite, la croix de Flégère. — Mais de Mont-Blanc, il n'y en avait plus ; impossible de le voir de l'endroit où nous étions, ni du Montanvert. Il est caché par les montagnes plus rapprochées de nous. — C'est alors que je compris l'apologue du pape..... Je me consolai en pensant que je reverrais probablement le géant le lendemain, à la table d'hôte de *l'Ecu de Genève*.

Chose étrange, sur ces glaces éternelles gisent d'énormes blocs granitiques, amenés là par les révolutions du globe ; sur l'un d'eux, espèce de table de pierre, je lus les noms de *Pocock* et *Windham*, ces hardis explorateurs, qui, sans découvrir la vallée de Chamouny, trouvèrent, du moins les premiers, un chemin accessible pour le Montanvert.... C'est sous cette pierre qu'ils bivouaquèrent durant près de quarante jours.

Le logis devait être fort incommode. On n'y peut tenir que couché.

Ces blocs erratiques constatent pour les savans la preuve de l'abaissement progressif des glaciers; on suppose que les glaces, formées par l'amoncellement des neiges perpétuelles, suivent un mouvement de progression qui fait sans cesse avancer leur extrémité inférieure, et met en conséquence à découvert les blocs détachés des montagnes, quand elles ne les entraine pas avec elles. La Mer de Glaces descend jusque dans la vallée de Chamouny. Ce fut avec peine que je m'arrachai à ce spectacle grandiose pour remonter à l'auberge du Montanvert, où mes compagnons m'attendaient les pieds sous la table. La salle de l'auberge est garnie d'une collection de minéraux et d'une foule d'objets en corne de chamois. A la rigueur, les sapins de l'Oberland peuvent produire tout le bois nécessaire à la fabrication des milliers de bagatelles qui se vendent en Suisse; mais je n'ai jamais cru qu'il y eut assez de chamois pour alimenter de cornes les industriels qui les emploient à tous les usages. Il faut nécessairement qu'il y ait une fabrique de corne de chamois quelque part.

A deux heures, nous redescendions, non plus par le même chemin. Curieux de visiter la source de l'Aveyron, nous suivîmes un sentier fort escarpé, appelé la Felia, qui longe le glacier jusqu'à la vallée. La descente est périlleuse. Une pierre qui se détache roule sans s'arrêter jusqu'au bas des rochers; nous ne rencontrons en route que quelques chèvres; mais nous fûmes amplement dédommagés de nos peines par la vue de *cette voûte immense*, dont parle Florian, *formée par la neige de tant de siècles, et d'où s'élance un torrent blanchâtre qui roule des blocs de glaçons à travers les débris de rocs*.... Il faut savoir que M. de Florian, capitaine de dragons, s'avisa de quitter un jour les bords fortunés du Gardon, pour les sauvages solitudes du Montanvert..... Tout cela l'a frappé de terreur et pénétré de tristesse.... Pour nous, nous ne regrettons pas cette excursion de l'aimable auteur d'Estelle, nous lui devons la jolie nouvelle de Claudine, paysanne de la vallée de Chamouny.... C'est à la fontaine de Caillet, sur la route du Montanvert qu'elle fit la mauvaise connaissance de l'Anglais Belton....

Pendant que, assis sur un bloc erratique, près de la gueule béante du glacier, suivant des yeux le torrent qui finit par couler paisible dans la vallée, j'évoquais mes souvenirs littéraires, un autre roman, qui m'avait bien impressionné dans mon enfance, se représenta à mon esprit..... *Cælina*, ou *l'Enfant du Mystère*..... c'est à Chamouny, c'est au Montanvert, c'est à la Mer de Glace, que feu M. Ducray-Duminil, ce Byron des portières, fait mouvoir ses personnages, le vieux M. Dufour, la bonne Tiennette ; les scélérats Truguelin père et fils, et ce pauvre muet Francisque....

Nous suivons l'Arve, le long de la vallée, jusqu'à Chamouny, où nos chars nous attendaient. Nous descendîmes, cette fois de jour, les côtes qui y mènent, et nous nous effrayâmes rétrospectivement en songeant que la veille nous avions couru au galop contre ces affreux précipices sans nous douter de rien....

Les villages que nous traversons sont tristes ; les jeunes filles ont conservé le costume de Claudine.... Elles ont les façons des paysannes d'opéra comique : *j'allions, je venions.* Elles paraissent avoir une idée fixe, c'est de se mettre en service à Paris.... Je ne sais s'il pleut souvent dans cette partie de la Savoie, mais le parapluie y est fort commun, les hommes les plus mal vêtus le portent sur le dos en manière de carquois.... Il n'est pas rare de rencontrer une paysanne gardant ses petits moutons ou ses petits cochons noirs sur la pente d'une prairie, un parapluie à la main....

Nous ne nous arrêtons qu'un instant à Saint-Martin, et le soir nous couchons à Bonneville. A onze heures du matin, le vendredi 30 septembre, nous étions rendus à Genève où nous avions encore bien des choses à voir ; surtout Ferney, que nous avions réservé pour la bonne bouche. En passant près du lac nous y cherchons vainement la trace du Rhône qui suivant un préjugé vulgaire le traverse sans mélanger ses eaux. — Ce phénomène a lieu au confluent du Rhône et de l'Arve qui cheminent à côté l'un de l'autre et gardent, le premier sa couleur glauque et la seconde la teinte fauve qu'elle retient de sa course vagabonde à travers les campagnes.

UNE VISITE A FERNEY.

Aller à Genève sans voir Ferney, c'est, dit un proverbe de touriste dont je demande bien pardon à tous les successeurs de saint Pierre excepté Clément XIV, aller à Rome sans voir le pape.

Nous n'avons eu garde de manquer à cette loi de notre position de voyageurs et de Français, tant soit peu voltairiens : et nous aussi nous avons voulu entreprendre le pélérinage de Ferney que les gens du pays s'obstinent à appeler Fernex, sans doute, par amour de la rime, à cause du pays de Gex dans lequel ce chateau est situé.

Nous voulons visiter la châsse où rayonna le saint, où il a laissé ses reliques, et quelles reliques !

Nous prenons un cabriolet en disant au cocher de nous conduire à Ferney. Pour nous, Ferney, c'était Voltaire, enthousiastes que nous étions. Il parait que notre automédon ne l'entendit pas tout-à-fait comme nous ; car, après une heure de marche, il nous arrêta, par une pluie battante, à la porte d'un cabaret ; et telle était la vivacité de notre entretien qui roulait sur Voltaire que nous ne nous aperçumes pas d'abord de la station.

Nous appelons le cocher.

Messieurs, vous êtes arrivés ! — Où ? — A Ferney ! — Au château de Voltaire ? — Heim ? — Au château de Voltaire ? — Le malheureux ne paraissait pas comprendre, et de fait, il ne comprenait pas ce que nous lui disions. Il ignorait qu'il y eût à Ferney un château de Voltaire, comme il ignorait très certainement qu'il eût existé un Voltaire de par le monde.

Il fallut aller aux renseignemens dans le village pour trouver le château *demandé*.

Pauvre Voltaire, ton âme a dû tressaillir d'indignation !

Vivant, tu recevais des lettres portant pour unique suscription : à Voltaire, en Europe ! Mort, au milieu même du village, fondé par tes bienfaits, un misérable cocher Suisse est obligé de demander ton adresse !

Triste retour des choses d'ici bas.

Le patriarche, arrivant un jour en Suisse, malade et chagrin, coucha dans une auberge dont la maitresse avait l'humeur taquine et la chevelure d'un blond hardi. Il ne lui en fallut pas davantage pour écrire le lendemain qu'en Suisse toutes les femmes étaient rousses et méchantes.

Nous aurions beau jeu, en suivant ce système, pour écrire aujourd'hui que tel est l'oubli dans lequel est tombé le grand nom de Voltaire qu'un cocher Genevois est obligé de demander à Ferney où demeurait l'ancien seigneur du village. Mais nous serons plus justes, et nous conviendrons que l'affluence des étrangers de toutes les parties du monde qui visitent Ferney est si considérable qu'il existe un service d'omnibus tout exprès pour conduire les pélerins aux saints lieux, et ce, pour neuf sous de France.

Seulement, nous avions joué de malheur en mettant la main sur l'unique cocher, peut-être, des vingt-deux cantons et du département de l'Ain qui ignorât une chose si élémentaire.

A quelques kilomètres de Genève, avant Ferney, on est en France.

On raconte qu'un voyageur, jeté par la tempête sur une côte qu'il croyait sauvage, se rassura en voyant une potence, et s'écria : « Dieu merci, je suis sur une terre civilisée. »

Pour nous, ce ne fut pas un indice aussi patibulaire qui nous signala la France. Ces mots — *Contributions indirectes*, écrits sur une large affiche — nous apprirent suffisamment que nous foulions le sol de la patrie.

Au reste, pas de douaniers, pas de gendarmes, pas de passeport à montrer.

Il semble que tout doive être affranchi là où plane encore la grande ombre de Voltaire.

On entre à Ferney par une petite avenue, au bout de laquelle s'arrêtent les voitures, près de la grille.

Une jeune femme vous introduit par les salles basses dans les appartemens qui sont encore conservés dans l'état où les laissa Voltaire :

Son salon et sa chambre à coucher.

Le petit salon, tendu en tapisserie rouge, n'offre rien de remarquable : quelques tableaux *rococo* de l'école italienne et une mauvaise croûte représentant l'apothéose de Voltaire, reçu par Apollon au Temple de la Gloire, et sur le second plan, l'enfer des Critiques, expiant sous le fouet des Furies leurs attaques contre le génie du grand homme. Malgré les assertions des habitans de Ferney, disons, pour l'honneur de Voltaire, qu'il fut étranger à l'idée et à la confection de cette misérable toile. Laissons-en peser la responsabilité sur l'inintelligente flatterie de M.me Denis.

La chambre à coucher est plus curieuse : c'est toujours, suivant la description qu'en a faite en 1822 M. de Jouy, avec une exactitude de commissaire-priseur, un parallélogramme de 15 pieds de long sur 12 de large (nous dirions aujourd'hui 5 mètres de long sur 4 de large, de par le calcul décimal), parquet en bois, lambris à hauteur d'appui ; tenture damassée bleue et jaune ; lit en bois de hêtre ; couverture d'indienne, dessin cachemire, rideaux de lit.... (absens pour cause d'abus de confiance avec circonstances atténuantes ; déchiquetés par les admirateurs de Voltaire, surtout par les Anglais, ils existent à l'état de fragmens disséminés dans tous les cabinets du monde. Il ne reste plus que le ciel, auquel on ne peut pas atteindre : c'est fort heureux). Une table de nuit en bois indigène (je ne me suis point assuré de ses secrets), un fauteuil, six chaises de velours vert. (Je préviens le propriétaire de l'établissement que les mains sacriléges des touristes, qui ne peuvent atteindre le ciel du lit, s'attaquent maintenant aux chaises : celle qui est à droite de la cheminée a de larges avaries) ; plusieurs cannes dans un coin de la chambre (absentes aussi : nous en reverrons une tout-à-l'heure, qui n'a subi qu'un déplacement.)

Nous retrouvons dans cette même chambre à coucher les tableaux et objets d'art rassemblés par Voltaire.

On ne peut regarder sans attendrissement ces portraits de Frédéric, de Lekain, de la grande Catherine, de Leibnitz, de Delille, de Washington, en songeant que plus d'une fois les yeux du patriarche se sont reportés sur eux, brillans des sentimens divers que leur vue devait éveiller dans son âme.

En face de la cheminée, auprès du portrait de Clément XIV, qu'accompagnent assez singulièrement deux pastels représentant l'un le blanchisseur de Voltaire et l'autre un petit Savoyard, se dresse un cénotaphe, peint en blanc, sous forme de pyramide, que surmonte un buste de Voltaire avec cette épigraphe: *Son esprit est partout, et son cœur est ici.*

Son cœur n'y est plus, il a été enlevé par *Belle* et *Bonne*. Quant à son esprit, il y est toujours comme ailleurs, mais tellement exclusif, tellement dominateur, qu'il éteint celui des autres : témoin le registre déposé sur une console pour recevoir les impressions des visiteurs.

Loin de s'enflammer au flambeau de Voltaire, l'imagination semble s'atrophier sous l'influence du Génie qui trône à Ferney. On ne trouve en parcourant le livre que des pensées triviales ; beaucoup, après bien des efforts, finissent par écrire tout bonnement leur nom, et ces derniers ne sont pas les moins spirituels.

Des mains de la belle introductrice qui reçoit très gracieusement l'offrande que l'on veut bien lui faire, en échange de sa complaisance, on passe dans celles d'un petit vieillard, jardinier à la suite, qui prétend avoir connu Voltaire.

Il nous conduisit dans les jardins admirablement plantés ; au bord du bassin où Voltaire, imité depuis en cela par le grand Scha-a-Baam, donnait à manger aux petits poissons rouges, qui doivent maintenant être bien grands, si Dieu leur a laissé vie ; dans la sombre allée où il promenait ses méditations philosophiques, sur la terrasse où il cherchait ses impressions dramatiques, à la vue de cet admirable mont

Blanc, auquel, soit dit en passant, il ne rend pas toute la justice qu'il mérite.

Ses rhumatismes, qu'il attribue à l'action du froid, lui font oublier ce magnifique aspect du pic de la montagne, aux derniers rayons du soleil couchant.

Du jardin, le même guide nous conduisit, sur notre demande, à cette fameuse église au fronton de laquelle on lisait avant la Révolution: *Deo erexit Voltaire,* inscription si souvent reprochée au grand homme, comme empreinte d'une sorte d'ambition sacrilége. Déjà nous étions passés auprès de cette église, ou plutôt de cette chapelle, sans la remarquer, tant elle est humble et modeste, et nous avons peine à comprendre qu'elle ait pu servir de prétexte aux graves accusations portées contre son fondateur.

Taxé d'impiété, en butte à des haines implacables qui se couvrent des dehors de la religion, le philosophe quitte Paris et se réfugie à l'extrême frontière, à la porte de la Suisse qui doit lui offrir un asile sûr, dans le cas où le danger deviendrait sérieux.

Qu'était alors Ferney?

Écoutons le tableau qu'en trace Voltaire:

J'ai fait un peu de bien, c'est mon meilleur ouvrage;
Mon séjour est charmant, mais il était sauvage:
Depuis le grand édit, muet, inhabité,
Ignoré des humains, dans sa triste beauté,
La nature y mourait; je lui portai la vie;
J'osai ranimer tout. Ma pénible industrie
Rassembla des colons par la misère épars;
J'appelai les métiers qui précèdent les arts,
Et pour mieux cimenter notre utile entreprise,
J'unis le protestant avec la sainte église.

Malgré tous ces bienfaits, il ne se croit pas encore en sûreté. Il a toujours devant les yeux le gibet d'Anne Dubourg, le bâillon de Lally, et le bûcher de La Barre. Pour comble de malheur, le pied sur une terre libre, il est encore dans un diocèse italien dont l'évêque le poursuit d'une haine fanatique, et veut l'arracher aux terres qu'il défriche, aux pauvres qu'il nourrit.

Que fait Voltaire, pour conjurer l'orage? Il le dit dans ses lettres à d'Argental: il se montre meilleur chrétien que ses ennemis; il édifie ses commensaux et ses voisins, en communiant; il envoie ses domestiques à la messe, il paie un maître d'école pour apprendre le catéchisme aux enfans; il se fait lire publiquement à ses repas l'histoire de l'Église et les sermons de Massillon : tout cela, pour obtenir de mourir tranquille.

Enfin, pour couronner l'œuvre, comme démonstration palpable de son orthodoxie, il fait un acte de foi en pierres de taille, et élève un temple à l'être de qui il avait dit dans un magnifique vers,

Que *s'il n'existait pas, il faudrait l'inventer.*

Malheureusement l'inscription vient tout gâter. On s'obstine à juger du sac par l'étiquette ; et pourtant, ce qui doit, suivant moi, justifier complétement Voltaire de toute arrière-pensée orgueilleuse et impie, c'est qu'en même tems qu'il déposait au fronton du temple, sa dédicace au Dieu éternel, il faisait creuser à l'un des bas-côtés extérieurs, et d'après la mesure qu'il donna lui-même de son corps, une tombe destinée à recevoir sa dépouille mortelle.

Il y a bien dans tout cela un peu d'hypocrisie : mais il faut convenir que la position de Voltaire le rendait bien excusable. Au demeurant, cet hommage forcé du philosophe à la religion ne devait-il pas satisfaire ses ennemis? Pour eux, n'était-ce pas un grand triomphe que d'avoir réduit Voltaire à écraser désormais l'infâme, à huis-clos, par les mains d'un secrétaire, et d'une façon si discrète que, si l'on en croit un de ses commentateurs, les commis du cabinet noir de l'époque, trouvant au bas de chaque lettre ces mots abrégés : *Ecr. l'inf.*, les prirent bravement pour une signature, et demeurèrent convaincus que M. *Ecr. l'inf.* était un garçon d'esprit....

Nous allions quitter Ferney, sans voir le plus intéressant. Il y a, en effet, quelque chose de plus curieux que la chambre à coucher et les jardins, ces muets témoins du séjour de Voltaire, il y a, dans l'un des pavillons, un vieillard qui a connu personnellement le Patriarche, et dont la mémoire, admirablement organisée, soutenue par une lecture assidue et répétée des œuvres de son ancien maître, rafraîchie par les entretiens journaliers qu'il eut, depuis soixante années, avec des amis et des admirateurs du grand homme, a fidèlement conservé le dépôt des traditions sur Voltaire. Au reste, ce guide tout intellectuel ne vient pas à vous, il faut aller à lui, comme l'on va, dans les musées d'Italie, aux armoires secrètes; et à bon escient ; car, ainsi que nous nous en sommes convaincus, ce vieillard a retenu de préférence, du répertoire de Voltaire, les anecdotes les plus graveleuses qu'il glisse de la façon la plus aimable sous le couvert de cette précaution oratoire : Il n'y a pas de femmes ici.... Comme nous n'avions pas de dames dans notre société, nous nous sommes empressés de rendre visite à M. Dailledouze que nous avons trouvé, cloué sur son fauteuil par ses infirmités, dans un appartement modeste, où tout vient rappeler Voltaire, bustes, gravures, manuscrits. C'est le musée du château ;

C'est là que nous avons pu admirer de près la respectable perruque, le vénérable bonnet de soie brodé, et l'inappréciable canne, tant de fois vendue, si l'on en croit les mauvaises langues et notamment M. Alexandre Dumas, qui aurait refusé de l'acheter un louis.... *Ce M. Dumas*, s'écria M. Dailledouze à qui nous faisions part de cette assertion de l'auteur des *Impressions de voyage, est un menteur et un....* (Je crois Dieu me pardonne qu'il lui retourna l'épithète dont les adeptes de l'école romantique ont affublé Racine, *enfoncé* par le succès d'*Henri III.*) *Il a voulu se venger de moi.* Alors le bon homme, dont nous nous plaisions à exciter la bile, nous raconta comme quoi M. Dumas n'ayant pu obtenir de lui le manuscrit de *Vagnère* dont il se proposait de tirer parti, aurait juré de perdre Ferney et ses habitans dans l'opinion publique. Rien n'est amusant comme la colère du vieillard racontant la lutte qu'il eut à subir avec Dumas pour ressaisir ce précieux manuscrit dont ce dernier s'était emparé, comme d'une *Impression de voyage* très productive. A l'en croire, s'il eût eu seulement quarante ans de moins, il eût proposé une partie de bois de Boulogne à son calomniateur. Nous parvînmes à calmer le bon homme en lui promettant de lui envoyer une caricature sur M. Dumas, dont il avait entendu parler et qu'il se proposait de faire voir, pour un sol, à tous ses visiteurs : on voit que l'ancien ami de Voltaire est spéculateur dans ses haines comme dans ses affections.

Notre promesse, qui le remit en belle humeur, nous valut des retours de mémoire vraiment prodigieux sur les habitudes de Voltaire, et l'exhibition de plusieurs documens qui ne manquent pas d'importance.

C'est ainsi que nous eûmes communication d'un gros registre sur lequel Voltaire a collé les cachets de toutes les lettres qu'il recevait, en ajoutant de sa main une épithète pour chaque correspondant. Nous y avons remarqué plus de qualifications injurieuses que de complimens. Celui-ci est un fou, celui-là un brouillon, un autre un méchant. En somme, nous aurions pris une triste idée des correspondans de Voltaire, si nous avions dû nous en rapporter à ses jugemens, qui heureusement ne sont pas sans appel.

Nous avons également parcouru le livre de compte, sur lequel il inscrivait ses recettes et ses dépenses avec la régularité d'un rentier à la portion congrue, le seigneur de Ferney avait 172,000 fr. de rente. M.me Denis y figure pour des sommes considérables. Voltaire déjà voulait faire des rentes à *maman*, cette ingrate qui plus tard trouvait déplacée la dépense d'un cercueil de plomb pour le corps de son bienfaiteur.

Mais le document le plus intéressant, c'est sans contredit le journal de Vagnère, ce secrétaire qui retraça avec une exactitude de détail, un peu crue peut-être, mais très consciencieuse, les circonstances qui ont précédé et suivi les derniers momens de Voltaire. Ce qu'il dit des obsessions dont le patriarche à son lit de mort aurait été l'objet de la part du curé de Saint-Sulpice, et de la manière dont il y répondit, surtout, n'est pas de nature à pouvoir être reproduit ici.... *bien qu'il n'y ait pas de dames*, pour employer l'expression favorite de M. Dailledouze.

Au reste, un simple coup-d'œil jeté à la dérobée sur quelques feuillets de ce manuscrit nous fit comprendre facilement l'importance que, pour des motifs différens sans doute, Dumas et Dailledouze y attachent ; le premier n'y voit qu'une question historique à éclaircir, le second une mine à exploiter. La façon dont nous récompensâmes ses bons offices lui fut agréable, car il nous donna pardessus le marché un imprimé renfermant un quatrain qu'il attribue à Voltaire.

Le premier vers est remarquable par un large *hiatus* et un *pluriel* rimant très peu richement avec un *singulier*.

Par respect pour l'auteur de la *Henriade*, si affreusement et si involontairement calomnié, nous corrigeâmes le quatrain, en invitant le malencontreux éditeur à surveiller le prochain tirage. Et nous prîmes, non sans quelque regret, congé de ce fidèle serviteur, qui, dans son culte religieux pour son maître nous rappela le Caleb de Walter-Scott.

Une heure après, nous étions de retour à Genève, à l'endroit d'où nous étions partis, près de l'île de J.-J. Rousseau.

Voltaire et Rousseau !

Singulière fatalité que celle qui rapproche toujours ces deux hommes pourtant bien différens.

Le premier, né à Paris, vient faire creuser sa fosse à Ferney.

Le second, né à Genève, vient mourir à la porte de Paris.

Et quand un demi-siècle a pesé sur leur tombe, la statue de l'un, le château de l'autre, élevés presqu'aux mêmes lieux, viennent appeler à un commun pélerinage les nombreux admirateurs de ces deux éloquens apôtres de l'humanité.

RETOUR.

Nous n'avions plus rien à voir à Genève, et nous voulions arriver à Lille pour la célébration de l'anniversaire du siége de 1792.... Nous prîmes la route la plus directe, celle de Bâle par Aarberg. Nous traversâmes Neufchâtel que le roi de Prusse venait d'honorer de sa présence ; il était écrit que nous rencontrerions Sa Majesté dans tout le cours de notre voyage.... Les bords du lac sont charmans ; on s'y occupait activement des vendanges. Nous passâmes près de Morat, où se dressait autrefois le hideux ossuaire bâti en 1485 avec les ossemens des soldats de Charles-le-Téméraire, et que détruisit en 1798, dans sa patriotique indignation, la 75.ᵉ demi-brigade, composée de Bourguignons de la Côte-d'Or. Sur le lac de Bienne, on nous montra l'île de Saint-Pierre, immortalisée par Rousseau.... Toute cette route est pleine des souvenirs de Jean-Jacques. Nous entrâmes là dans le val de Motiers, route taillée dans le roc, où nous admirâmes la *pierre percée*, arc de triomphe naturel, et la *roche qui pleure*.... Partout une jeunesse belliqueuse s'exerce au maniement des armes et au tir à la cible. Au lieu d'une cible unique, qui force à interrompre le tir lorsqu'il faut constater le le degré d'adresse du tireur, nous voyons partout deux cibles liées par une traverse perpendiculaire. Lorsque la cible supérieure est atteinte, un tour de pivot fait remonter la cible inférieure sur laquelle on tire pendant que les experts vérifient le coup sur la cible supérieure qui est descendue, et ainsi de suite ; de cette façon, il n'y a ni interruption pour les joueurs, ni danger pour les experts toujours garantis par le retranchement où vient se présenter la cible frappée....

Le lundi 3 octobre, nous couchions à Bâle, et le 4 nous reprenions le Rhin jusqu'à Cologne ; le 7 nous étions à Lille, à l'heure où le canon grondait sur les remparts pour annoncer la célébration de la fête commémorative à laquelle notre séjour dans le pays de Guillaume Tell et d'Arnold Winkelried nous avait merveilleusement préparés.

FIN.

www.ingramcontent.com/pod-product-compliance
Lightning Source LLC
LaVergne TN
LVHW020048170826
845678LV00001B/483

* 9 7 8 2 3 2 9 6 9 4 5 9 7 *